SIS
丹沢湖駐在 武田晴虎Ⅲ 創生

鳴神響一

ハルキ文庫

角川春樹事務所

SIS

Special
Investigation
Squad Ⅲ

Creation

Contents

序章　救難

陽の光がさんさんと輝いている。

恐ろしい勢いで吹き荒れた昨夜までの暴風雪が夢か幻のようだ。

だが、まわりの景色はまぶしい白銀色に包まれていた。

山も森も道も斜面も崖もなにもかもが真っ白だ。

こんな光のなかでサングラスを掛けていなければ、一〇分もしないうちに目がおかしくなる。

西丹沢登山センター主任の秋山康男が檜洞丸へと続くツツジ新道を登ってきたのは、この雪山を見るためではない。

神奈川県警の依頼で遭難者救助に山岳救助隊のメンバーが駆り出されているのである。

秋山たち四名はこのツツジ新道を担当する。残りのメンバーは四名ずつ、犬越路方面と白石沢方面に振り分けられていた。

遭難者は二月八日にヤビツ峠から入山しており、下山予定であるこのツツジ新道が本命だった。残りの二方面は道迷いがあった場合に備えての捜索である。

すでに今日は一一日だった。

積雪の下に遺体となって埋まっているおそれもある。

どのグループもスノーシャベルはもちろん、雪に突き刺してあたりを探るゾンデ棒も持参してきていた。

石棚山稜分岐点を過ぎたあたりまで来たときのことである。

先頭を歩く秋山は、右手の谷にオレンジ色の物体を発見した。

すかさず小型単眼鏡で正体を確認する。

間違いない。テントだ！

「おーい、見つけたぞ！」

秋山は後ろを振り返って叫び声を上げた。

叫び声は谷にこだました。

「いたかぁ」

救助隊のメンバーのひとりが雪を蹴散らして近づいてきた。

「ほら、あれはテントだろう？」

秋山はオレンジ色のものを指差して弾んだ声を出した。

「おお、間違いねぇ。ありゃあテントだ！」

相手の声も明るい。

遭難者がテント内で寒さをしのいでいるのであれば、生存の可能性は飛躍的に高まる。

秋山は谷に降りて、テントに近づくルートを考え始めた。
なんとか生きていてほしい。これなら、生きているかもしれない。
遠くに響く沢の音までが陽気に聞こえてきた。

第一章　熊男

【1】

八月最終日曜日の夕方、武田晴虎は横浜山手の丘に建つレトロカフェを訪ねていた。

昭和二年に建てられた英国式洋館をそのまま使っている貴重な店だ。山手にはこのような戦前に建てられた貴重な西洋館がいくつも残っている。カフェやレストランとして営業している建物も少なくない。

この《くすの木てい》も白壁に赤い瓦屋根は日本の建物とは思えないシックな外観を持っている。

赤い縁取りの格子窓の一階部分はアーチ状になって、あたたかい白熱球の灯りが見えていた。

前庭には大きなクスノキをはじめとした樹々が涼しい木陰を作っている。

赤いパラソルの下では、女性グループやカップルが楽しげに談笑していた。

突き出た玄関ポーチには三段の階段を介して分厚い扉が待っている。

同行者の諏訪勝行はいそいそと階段を上って、木扉を押した。

あたかも少女のような足どりに苦笑しながら晴虎は後に続いた。

今日は諏訪にスイーツをおごる約束を果たしに来たのだ。

白い漆喰壁で囲まれたホールには室内楽が静かに流れている。

建築当時のものと思しきマントルピースや洒落たカップボード、ライトなシャンデリアなどがクラシックな雰囲気を盛り上げていた。

いくつものテーブル席に座るのはテラス席と同じように女性を中心とした客層である。

晴虎たちに興味深げな視線を送ってくる若い女性客もいた。

気づいてみれば、自分たちのようなおっさん客が誰もいない。

ひと言で言って、二人はこの空間から「浮いて」いるのだ。

カウンターには黒いワンピースに白いエプロンの制服を身につけた二人の女性店員が立っている。

「いらっしゃいませ」

若いほうの三十代くらいの女性店員が引きつった笑みを浮かべた。

「予約している諏訪ですが」

諏訪がやわらかい声で言うと、女性店員はあわてたように予約帳を覗き込んだ。

「二名さまですね。ご案内します」

女性店員は愛想笑いを浮かべて、晴虎たちを奥の個室に案内した。

個室でよかった。ホールでは周囲のテーブルの客の視線がさぞうるさいだろう。

今日の予約は諏訪がとってくれた。勝手がわからないので、晴虎としては助かった。

というより、最初から諏訪に予約してもらうつもりだったのだが。

諏訪の希望していた《オールデイブッフェ コンパス》のスイーツビュッフェも、《ザ・カハラ・ホテル&リゾート 横浜》のアフタヌーンティーも予約が取れなかったそうである。

個室は思っていたよりも広く、中央には六人掛けの大きなテーブル席が用意されていた。

こうした空間に慣れぬ晴虎にとっては、なんだか落ち着かない気分だった。

諏訪がなんのためらいもなく窓際の真ん中の席に着いたので、晴虎は対面に座った。

当然ながら、セットには紅茶が含まれているが、晴虎はビールをオーダーした。

しばらく待っていると、予約していたアフタヌーンティーセットが運ばれてきた。

スコーンやフルーツケーキがハイティースタンドに載(の)っている。幸いなことにハムとチーズのサンドイッチも入っていた。

諏訪はすぐにフルーツケーキに手を出した。

鬼瓦のような顔に満面の笑みを浮かべて、諏訪はケーキを咀嚼(そしゃく)している。

銀色の細いフォークを器用に使って、諏訪はあっという間にケーキをひとつ平らげた。

「よくそんなものがパクパク食えるな」

晴虎はあきれ声を出した。

「甘いものを食っているときに、俺(おれ)はこころの平和を感じるんだ」

幸せを絵に描(か)いたような表情で諏訪は目尻(めじり)を下げた。

職場の部下たちはこんな諏訪の顔を見たことがあるのだろうか。

捜査一課特命係長として、諏訪はふだんは苦虫をかみつぶしたような顔で働いているはずだ。諏訪は、俗にコールドケースと言われる、発生から五年を経過した事件を扱っている部署の責任者だ。

諏訪は、丹沢湖駐在所員として勤務する晴虎がかつて捜査一課強行五係にいたときの同僚である。その頃はお互いに主任として警部補の階級にあったが、いまは諏訪は警部に昇進していた。

「俺はサンドイッチを頂くぞ」

晴虎にはフルーツケーキは食べられそうになかった。

「ああ、ぜんぶ食ってくれ。俺は後からチェリーサンドも頼むつもりだ」

「聞いただけで胸焼けがしてくる」

正直、晴虎は洋菓子の類いは得意ではなかった。

「なに言ってんだ。この店の名物だぞ」

諏訪はまじめな顔で言った。

「俺は遠慮しとくよ。この店にサンドイッチがあってよかった」

晴虎はサンドイッチをつまみながら、ビールを飲み始めた。

駐在所の夜には、イェヴァー・ピルスナーというドイツ北部で醸造されている下面発酵ビールと決めている。が、出てきたクラフトビールもそう悪いものではなかった。

「ここへ来てビール飲んでるヤツなんてそうはいないぞ」

からかうように諏訪は言った。

「サンドイッチにはワインよりビールのほうが合うからな」

平気な顔で晴虎は答えた。

「そういうことを言ってんじゃないだろう」

諏訪は苦笑いを浮かべた。

アフターヌーンティーセットの甘い物をほとんど食べ終わって紅茶のカップを手にしながら、諏訪は静かに訊いてきた。

「ところで、おまえが俺におごってくれるってのはなにかあるんだろ?」

「二回も世話になったからな。貸しは返さないとな」

晴虎はさりげなく答えた。

六月、八月と諏訪には重要な情報を調べてもらった。彼の協力なくしてはふたつの事件は解決しなかっただろう。

「それだけじゃないだろ?」

諏訪は晴虎の目を見てニヤッと笑った。

「まぁ、ちょっと聞いてもらいたいことがあってな」

晴虎は本題を切り出すことにした。

「話したいことがあるのならさっさと言え」

急かすような口調で諏訪は訊いた。

「妻のことだ……」

静かな口調で晴虎は言った。

「奥さんはほんとうに気の毒なことだった」

一瞬、諏訪は瞳を閉じて、祈るような表情になった。

「ああ、すまん……おまえにもいろいろ心配を掛けたな」

妻が死んだとき、晴虎はとつぜんの悲しみのあまりぼんやりとしてしまった。

忌引き休暇の一〇日間は食事ものどを通らず、夜もほとんど眠れない状態が続いた。

そんな晴虎を励まして、諏訪は葬儀の支度を手伝ってくれたのだ。

知り合いが少なく、両親にも死に別れていた一人っ子の沙也香だったから、ささやかな通夜であり葬儀だった。それでも会葬者は二〇人ほどあった。頭を下げるばかりでロクに口もきけないでいる晴虎に代わって、諏訪は細々と世話を焼いてくれた。

「武田の苦しみは俺にはわからないからな。ただ、自分に置き換えてみると、どんなにかつらいことだろうと思うんだよ」

しんみりとした声で諏訪は言った。

「気持ちはありがたい……」

「で、なにがあった？」

晴虎はちょっと感動して言葉少なに答えた。

「うん、これを見てくれ」

晴虎はスマホをタップして一枚の画像を諏訪に見せた。

——紗也香（さやか）さんの死は事故なんかじゃない

「こ、これは……」

諏訪は息を呑（の）んだ。

「原本は証拠として保存してある。見ての通りプリントアウトされたものだ」

「送りつけられたのか？」

「横浜のアパート宛（あ）てに郵送されてきた」

「いったい誰がこんなものを」

諏訪の声は乾いた。

「送り主はわからん。洋形二号の封筒に入っていた。消印は横浜中央郵便局で、差出人は記されていなかった」

「心当たりはないんだな」

「あるはずがないだろう。俺や沙也香の友人なら、こんな手段を使わずとも直接話してくれるだろう」

しばし沈黙した後に、諏訪は苦しげに声を発した。

「いったい、どういう意味なんだ」

「俺が訊きたい。沙也香の死は事故だと信じている」

事故だと信じていたからこそ、晴虎は沙也香の死をあきらめることができた。

「そうだろう？　所轄も事故だと断定しているはずだよな」

諏訪は念を押すように言った。

「所轄は神奈川署だったが、司法解剖まで行った。その結果の上で事故だと判断された。その結論を疑ったことはない」

自分に言い聞かせるように晴虎は言った。

そう、このメッセージが届くまでは疑ったことはないのだ。

「つらいだろうが、あの日のことを振り返っていいか？」

気遣わしげに諏訪は訊いた。

「ああ、俺の口からは言いたくない」

晴虎は声を落とした。

「あれは去年の六月のことだったな」

さりげない調子で諏訪は訊いた。

「そうだ、六月四日の火曜日だ。特殊が扱う事件は起きておらず、俺は訓練日だった。梅雨入り前でよく晴れている日だった」

あの日に時間が遡ることは耐えられなかった。だが、こんなメッセージが送りつけられたからには振り返らざるを得ない。

あの頃、晴虎は横浜市港北区篠原台町の賃貸住宅に住んでいた。白楽駅まで五〇〇メートルくらいの高台で県警本部までは二〇分で行ける場所だった。

その家にはまだ妻の荷物もそのままで、無駄な家賃を払い続けている。空気の入れ換えなどのために二ヶ月に一度ほどは行くことにしている。

前の暮らしが思い出されてつらいが、すべてを処分する勇気がいまの晴虎にはなかった。

「奥さんはお昼前にクルマで買い物に出かけたんだったな」

「ああ、東神奈川のイオンだ。白幡池公園近くの俺の家からは二キロもない。週に、二、三度は買い物に出かけていた。ところが、あの日はイオンに辿り着けなかった」

晴虎の声は沈んだ。

「白幡池公園北側の坂を下っているときに意識を喪失してクルマのコントロールを失い、そのまま電柱に衝突したんだったな」

諏訪は気の毒そうに言った。

「そうだ。下り坂の上にアクセルペダルに足が乗ったままだったんで、衝突時は六〇キロは超えていただろう。電柱にぶつかった衝撃で、沙也香は脳に損傷を負って死んだ……」

晴虎の声は震えた。

「つらいことを思い出させてすまん。ちょっと不思議な事故のために司法解剖まで行われたが、睡眠薬等の薬物は検出されなかった。奥さんは体調の異変により意識消失して運転を誤り事故に遭った。これが神奈川署の結論だったな」

「そうだ、単独事故だし、これといった病変はなかったが、薬物等も見つかっていない。迷走神経反射などで意識消失したのが原因だろうと推察されている。また、目撃者もたくさん存在した」

「目撃者の証言では、奥さんのクルマが坂を下ってゆくとき、ほかに怪しいクルマや人影はなかったということだな」

　諏訪の言葉に晴虎はつよくあごを引いた。

「ああ、目撃者は白幡池公園にいた近所の主婦や老人などで七名ほどだった。その人たちの証言を疑う理由もなにもなかった。俺は運命だと思ってあきらめていた……ところが、こんなメッセージが届いた」

「いったいどういう意味なんだろうな」

　諏訪はあごに手をやって考え深げな声を出した。

「わからん。だが、事故でないということは……」

　晴虎の言いよどんだ言葉を諏訪が遠慮がちに続けた。

「何者かによって殺されたということか」

「そんな馬鹿なことはないと思う。妻を殺す人間など、この世にいるはずもない。あれは勤めを辞めてから二年半は専業主婦だった。社会的な活動もきわめて限られていた。そんな動機を持つ人間など存在するわけないだろう」

　晴虎の声はしぜんと高くなった。

「おまえの気持ちはよくわかる。しかし、こんなメッセージが届けられたからには、考えてみるべきじゃないか」

「諏訪は本当にそう思うのか」

「いや、おまえに対するただの嫌がらせという可能性も低くはないと思うが」

「嫌がらせであってほしい」

少なくとも山北町（やまきたまち）の住人ではないはずだ。丹沢湖駐在所の近くの人々に、晴虎は妻の話をしたことはない。あるいは前の特殊捜査第一係で扱った事件の関係者なのだろうか。だが、晴虎にはまったく思い当たることはなかった。

「奥さんの事故を詳しく知っている人間だろうな」

「だが、妻の名前が間違っている」

晴虎は肝心（かんじん）なことを口にした。

「そうだった……沙也香さんのお名前はイトヘンではなくサンズイだったか」

諏訪はハッとした顔つきになった。

「ああ、このカードには紗也香とある。おそらくは沙也香のことをよく知らない人間が書いたものだ」

「ますます謎（なぞ）だな」

「俺はあの事故のことは考えたくないんだ。だが、こんなものが送りつけられた真相は知りたい」

諏訪はしばし考え込んでからゆっくりと口を開いた。

「わかった。少し調べてみるよ」

「悪いな。忙しいのに」

「期待しないでくれ。なにも出てこない可能性が高いと思う」

「わかってる。おい、チェリーサンドを頼むんじゃなかったのか」

「ああ、おまえもビールが空だぞ」

「そうだな、もう少し飲みたい」

諏訪はテーブル上の真鍮の呼び鈴を手に取った。

風が出てきたのか、窓の木々がざわざわと響き始めた。

騒ぐ晴虎のこころを象徴するかのように木々のざわめきは鳴りやまなかった。

【2】

台風が通り過ぎた翌日の日本列島は猛暑に見舞われた。

フェーン現象に襲われた日本海側ほどではないが、西丹沢も朝から三〇度を超えていた。

晴虎が以前住んでいた横浜とは違って、森に囲まれたこの地では吹く風がさわやかで、日陰に入るとそれほど暑さを感じずに済む。

「大丈夫みたいだな」

駐在所員の武田晴虎警部補は建物のまわりをチェックしながら安堵の声を出した。

丹沢湖駐在所は台風の被害を受けずに済んだようである。

昨夜の強風にやられたのか、一昨日まであんなにうるさかったセミの声が少しも聞こえない。もっとも二、三日すればもとのような賑やかさを取り戻すだろう。

永歳橋の方角から低いディーゼルエンジンの音が谷あいに響いてきた。

しばらくすると、県道76号線の向こうからグリーンの路線バスが姿を現した。

登山センター発新松田駅行きの七時三一分上り一番バスだ。

西丹沢地域は神奈川県であるにもかかわらず、富士急行系の富士急湘南バスが走っている。上りが七便、下りは六便しかない。

この便はＪＲ御殿場線の山北駅や、小田急線の新松田駅に向かう通勤通学客が中心だ。

丹沢湖のバス停は、駐在所の斜め向かいにある。

どうせ降りてくる客などいないだろうと思っていると、子どもたちが飛び出してきた。

北川地区に住んでいる例の小学生三人組だ。

ザックやランドセルを背負っているからには登校途中に違いない。

三人はバスが出発すると、クルマが来ないか左右を確認してから手を挙げて県道を渡って走ってきた。

小学校前はこのバス停のふたつ手前にある。

そのバス停を乗り過ごしてきたのだから、晴虎に会いに来たことは間違いない。

「ハルトラマン～」

「グッモ～」

「おはようございます～」

子どもたちは明るい声を出して元気よく駆け寄ってきた。

三人は晴虎から一メートルくらいの距離で立ち止まり、一列に並んだ。

「おはよう。みんな、えらいぞ！」

晴虎は声を張って三人を褒めた。

「なんで、えらいの？　ハルトラマン」

不思議そうな顔で訊いてきたのは北川温泉北川館の一人息子の甘利泰文だった。

六月に増水した河内川の岩場に取り残された泰文を晴虎は救助した。

それから泰文は晴虎のことをハルトラマンと呼ぶようになっている。

小さめの鼻とふっくらとした口もとを持ち、三人のなかで一番顔立ちが整っている。

「君たちは、道路を渡るときにちゃんと左右を確認して手を挙げて渡った。一〇〇点満点だったよ」

晴虎は笑みを浮かべた。

「やりぃ～」

ちょっと太った丸顔の子どもが小躍りした。

三人のなかでも一番陽気で素直な土屋昌弘。北川館の仲居の子どもだ。

泰文はなんだそんなことかという顔をした。

「自分の身は自分で守らなければならないですから」

痩(や)せて銀色のメガネを掛けた子どもがクールに言った。

年齢不相応に大人っぽく頭の回転が速い浅利(あさり)寛之(ひろゆき)だ。

丹沢湖小学校の五年生はこの三人しかいない。

「それでなにかご用かな？」

晴虎はやさしい声でゆっくりと尋ねた。

「ハルトラマンに退治してほしいヤツがいるんだ」

昌弘が息巻いた。

「退治とは穏(おだ)やかじゃないな……まぁ、なかに入って」

晴虎が招じ入れると、三人は素直に駐在所の建物に入った。

「椅子(いす)は自分たちで出してくれ」

三人は部屋の隅(すみ)に置いてあったパイプ椅子を晴虎の執務机の反対側に並べてそれぞれに腰を下ろした。

「先に確認しておくが、学校はふだん通りだな」

ここから丹沢湖小学校までは一・三キロくらいある。いまは七時三五分だ。学校は遅くとも八時半には登校しなければならないだろう。

駐在所員が小学生たちを遅刻させるわけにはいかない。

「大丈夫だよ。下りの一番バスに乗ればいいんだから」

泰文が生意気な口調で言った。

なるほど、三人ともバスを当てにしていたのだ。

「そうか、それならあと三〇分だな。手短に話してくれ」

晴虎は雑記帳にしている大学ノートを開きペンを取った。

「すごく危険な人物なんです」

口火を切ったのは寛之だった。

「危険というと、どんな風に危険なんだい？」

やさしく晴虎は訊いた。

「乱暴なんだよ。すげぇ怖いの」

昌弘が口を尖らせた。

「……乱暴なことを言うのか」

「そう。僕たちがただふつうに喋ってただけなのに、『うるせぇ』とか『見るんじゃねぇ』とかドスのきいた声で脅すんだよ」

泰文は顔をしかめた。

なるほど、子どもに向かって暴言を吐く人間が現れたようだ。

子どもを脅しつけて怖がらせるとは、ロクな人間ではない。

内心に湧き起こった怒りを抑えて、晴虎は答えを返した。

「たしかに怖いな。そんなこと言われたら」

「もっとひどいことも言いましたよ。『静かにしねぇととっちめるぞ』とか『さっさと消えろ』などと言われました」

寛之は眉間（みけん）に縦（たて）じわを寄せた。

「おまけにさ、その男、すごい怖い目で睨（にら）みつけてくんだよ」

昌弘はぶるっと身を震わせた。

「どんな見た目の男だい？」

晴虎の問いに三人は口をそろえた。

「クマ」

「熊（くま）」

「クマですね」

晴虎は笑いそうになるのを抑えて問いを重ねた。

「なるほど、熊男か。背が高くてガッチリしているっていうことかな」

三人はいっせいにうなずいた。

「とにかくデカいんだ。で、腕も足もぶっとい」

昌弘は両手で自分の身体（からだ）のまわりに大きく輪を描いた。

「うん、デカい。プロレスラーみたいな感じの男なんだよ」

泰文はさらに顔をしかめた。

「そう、ヒグマとも言えるし、プロレスラーとも言えますね」

寛之は冷静な口調で答えた。

「わかった。じゃあ、その熊男とはいつどこで出会ったのか教えてくれ」

晴虎は熊男を見つけるためにパトロールするつもりだった。

「あのね、二回会ってるんだ。一回目は北川のバス停の近くなんだ。えーと、あれはいつだっけ？」

昌弘が首を傾げた。

「先週の水曜だよ。水曜の五時頃」

さっと泰文が答えた。

「夕方に現れるんだね」

「そうですね。もう一回は北川館の近くです。ヤッチンの家で宿題を一緒にやった後の話なので、今週の水曜日の七時を少し過ぎた頃です」

冷静な調子で寛之は答えた。

「年齢はいくつくらいかな？」

三人は顔を見合わせた。この問いは小学生には難しかったようだ。

「おじさん」

「オヤジ」

泰文の答えも昌弘の答えも頼りなかった。

「あえて言えば、ハルトラマンより年上じゃないかと思います」

寛之の答えは参考になった。

「わかった。北川温泉付近のパトロールを強化しよう。その熊男に出会ったら、きちんと注意する。よい子たちを怖い目に遭わすなってな」

晴虎は頼もしい声を出すように努めた。

「よっしゃ」

「さっすがー」

「やっぱり頼れるのはハルトラマンですね」

三人は喜びの声を上げた。

恥ずかしさをこらえて、晴虎はいつものセリフを言わねばならなかった。

「君たちを怖がらせる者は放ってはおけない。この西丹沢の平和を守るのがわたしの仕事だからね」

子どもたちを安心させ、地域と警察のきずなを強くするためにも、これくらいの言葉は口にしなければならないのだ。

「カッコイイ〜」

三人は口をそろえて叫んだ。

「じゃあ、みんな学校に行くんだ」

子どもたちはうなずいて外へ出た。

晴虎は丹沢湖のバス停まで送っていった。

しばらくすると、八時五分のバスがやって来た。

子どもたちは次々に乗り込むと窓の向こうからいっせいに手を振った。

遠ざかるバスを眺めながら、晴虎は地域とともに生きている実感を覚えていた。

それにしても、泰文が昌弘や寛之と仲よくなったことは嬉しい。

六月の頃泰文は登下校時には北川館の従業員にクルマで送迎させていたのだ。

母の雪枝が離婚したため、淋しい日々を送っていた泰文は、晴虎が赴任してきた頃は素直さに欠ける子どもだった。晴虎は泰文をなにかと気遣っていた。

去年の春に亡くなった母親、つまり泰文の祖母に代わって雪枝は北川館を継いだ。そのときに横浜市の港南台から北川に雪枝と一緒に移って来た泰文は、この地域に馴染めず学校でもひとりぼっちだった。だが、いつのまにか昌弘や寛之とすっかり仲よしになって一緒に行動している。登下校も彼らとともに路線バスに乗っているわけだ。放課後も一緒に宿題をやっているらしい。

泰文についてはもう大丈夫だと、晴虎はこころの中でなんどもうなずいた。

それにしても熊男のことはきちんと対処しなければならない。

晴虎には言葉通り、地域を守る責任があるのだ。

【3】

子どもたちを見送ってからしばらくして、晴虎はスクーターで管内パトロールに出た。

ライトブルーの夏服の上に防刃ベストを着けた制服にもう慣れた。

北川温泉付近のパトロールを終えた晴虎は、スクーターの鼻先をさらに北へと向けた。

県道76号線沿いに点在する集落を次々にまわって台風被害がないかを確かめた。

幸いにもどの集落でも、大きな被害が出ているようすはなかった。

こうした自然災害の対応も駐在所員の仕事の範囲だと晴虎は考えている。刑事警察にいたむかしでは考えられないことだった。

樹齢二〇〇〇年を超えるという箒杉(ほうきすぎ)で知られる箒沢(ほうきざわ)の集落を過ぎてしばらく進むと、県道の左手に緑色の屋根を持つ平屋建ての建物が見えてきた。

朝のパトロールではいつも立ち寄る西丹沢登山センターである。

檜洞丸や畦ヶ丸(あぜがまる)など、西丹沢の山に登る人たちの拠点として設立された神奈川県の施設だ。

西丹沢の山々の状況や自然情報の発信とともに登山者へのアドバイスをおもな仕事としている。登山届の提出先のひとつであることはいうまでもない。

スクーターを駐車場に駐(と)め、入口に近づいてゆくとセンター主任の秋山康男が軒先を見上げている。

このセンターの責任者である三〇代半(なか)ばの秋山は、学生時代は山岳部に所属し海外遠征で数々の高峰に登頂した登山のエキスパートである。よく引き締まった筋肉質の長身を、登山シャツにクライミングパンツのいつもの出(い)で立(た)ちに包んでいる。

何度か酒を飲んだこともあり、晴虎にとっては友人の一人と言ってよかった。

屋根の上では黒いブルゾン姿の男が一人屈み込んで何やら作業をしている。建物の壁にアルミばしごが据えられていた。

「おはようございます」

晴虎が声を掛けると、秋山は振り返って明るい声で答えた。

「あ、武田さん、ご苦労さまです」

「屋根の修理ですか」

「いや、昨日の強風で何か所か雨樋がやられましてね。とくに入口の上は危ないんで朝イチで修理して頂いてます」

秋山はちょっと苦い顔で笑った。

「大変ですねぇ。駐在所は大丈夫だったんですけど、あちこちやられたんですか」

「いや、雨樋のほかは被害は出ていないんですよ。ちょっと老朽化してましたからね……」

建物を見まわすようにして秋山は答えた。

「たくさんの人が立ち寄る施設だから大変ですね」

晴虎の言葉に秋山は顔つきを引き締めた。

「ええ、でも山のほうが心配です。修理が終わったらすぐに主要な登山道の見回りに行かなきゃなりません。がけ崩れや登山道の崩壊などが起きていると大変ですから」

「そうか、山も荒れているでしょうね。倒木なども危険でしょう」

午後から明日に掛けて秋山は西丹沢じゅうを歩き回るつもりらしかった。

体力に優れた、山を愛する秋山だからつとまる仕事だ。

「はい、今日はまだ登山客が少ないんでいいですけど、明日あたりから増えそうですんで。武田さんもお忙しいんじゃないんですか」

「いや、永歳橋からここまでパトロールしてきた集落では、大きな被害はなさそうでした」

「そりゃ、よかった。そう言や、うちのあたりも大したことはなかったな」

秋山は北川地区の住人でもある。

「ええ、北川温泉も大丈夫でした」

「なによりです。台風被害があると、旅館も大変ですからね。ところで武田さん、お茶くらい飲んでってくださいよ」

この先はいくつかのキャンプ場が点在しているだけなので、ひと息入れてもよさそうだ。

晴虎は秋山の好意に甘えることにした。

「それじゃあ、ちょっとだけ」

秋山はうなずくと、屋根を見上げて声を張った。

「三枝（さいぐさ）さぁん、お茶にしましょうよ」

いままで背中を見せていた屋根の男が顔を出した。

「じゃあ、区切りのいいところで降りてきます」

秋山と同じくらいの年頃の三角顔の男が答えた。

「ゆっくりやってください」

そう答えて、秋山は建物へと向き直って歩き始めた。

秋山のあとに続いて登山センターに入ると、晴虎は狭い事務所に顔を覗かせた。

「あ、武田さん、おはようございます」

明るい声の小柄で華奢な女性は、登山センター主事の内藤美輝だった。

この春、都内の私立大学を卒業して神奈川県職員となったが、まったく山の経験がないのに登山センターに配置された。隣の松田町の出身のためなのかもしれないが、いまは秋山について、一から山のことを学んでいる。秋山と似たような山スタイルが似合ってきた。

「おはようございます。先日はありがとうね」

美輝には夏の事件ではいろいろと手伝ってもらった。

「無事に解決してよかったですね。いまお茶淹れますから」

華やかな笑顔で美輝は言った。

晴虎と秋山は事務所の粗末なソファに向かい合って座った。

自分の座ったほうは三人掛けなので、邪魔なヘルメットは隣に置いた。

美輝が木盆に日本茶の入った茶碗と茶菓子を載せて戻ってきた。

「お茶入りましたよ」

カフェテーブルの上に茶碗や茶菓子を並べて、美輝は秋山の横に座った。

「いつもありがとう」

晴虎は礼を言って茶碗を手に取った。

「ここのところ管内は平和みたいですけど」

秋山は茶を一口すするとにこやかに訊いてきた。

「そうですね、八月の事件以来、おかげさまで犯罪の発生はゼロです」

交通事故も発生しておらず、管内は非常によい状況だった。

「以前の部署に比べてヒマで困ってるんじゃないんですか」

秋山は冗談半分で訊いてきた。晴虎が今年の三月まで、捜査一課特殊捜査第一係に在籍し、第四班長の職責を担っていたことを、秋山も美輝も知っている。

「たしかに夜はヒマですけど、昼間はけっこう忙しいですよ。パトロールの途中にはいろいろなことがありますしね」

「へぇ、どんなことがあるんですか」

「たとえば今日も、箒沢でバスから降りたお年寄りが重そうな荷物を持ってふぅふぅ言ってたんで、家まで運びました」

「わぁ、さすが武田さん。やさしいんですね」

美輝は両手を組んで晴虎に賛辞を送った。

晴虎はいささか照れて言葉を続けた。

「いや、本当に大変そうだったんで。それから、町外の人が河内川で釣りをしようとしていたので止めました」

「増水してますからね。そりゃあ危ない」

　秋山は驚きの声を上げた。

「意外と泥濁りがなかったんですよ。本人は危険という認識がなかったみたいです」

「ブラックバス釣りなどでは台風直後を狙う人もいるみたいですけどね。あのあたりにバスなどいるはずないけどなぁ」

　あきれ声で秋山は言った。

「その男性が、なにを釣ろうとしていたのかは知りません。五〇代くらいの男性でしたよ。まぁ、そんなこんなで意外と毎日忙しいです」

　晴虎はちいさく笑った。

「でも平和なのがいちばんですよね」

　美輝はにこやかにうなずいた。

　そのとき、屋根の上にいた三枝が入って来た。

「秋山さん、ひと通り直りましたよ」

　タオルで額の汗を拭きながら三枝は笑顔で言った。

「ああ、お疲れさまです。まぁ、座ってお茶飲んでください」

「それじゃ失礼して」

晴虎の横に三枝は座った。

長身で、筋肉質のしっかりした身体つきの男だ。

美輝が立ち上がって給湯室へと立ち去った。

すぐに美輝は新たな茶碗と急須を持って来た。

「いただきます」

ていねいに頭を下げて三枝は茶碗を受け取った。

「朝早くからすみませんでした」

秋山が詫びると、三枝は顔の前で手を振った。

「いや、松田からですから、一時間掛かりませんよ」

三枝は神経質な感じで両目を瞬いた。

「松田からお見えなんですね。この地区の駐在の武田と申します」

隣に向き直って晴虎は頭を下げた。

「ごあいさつが遅れました。三枝といいます」

神経質な感じに見えていた三枝は、一転して人のよさそうな笑みを浮かべた。

ポケットの名刺入れから薄グリーンの名刺を取り出して三枝は晴虎に渡した。

松田営繕サービス三枝貞人とあって、肩書きはなかった。

住所を見ると松田惣領の会社だ。変わった地名だが、御殿場線の松田駅や小田急線の新松田駅が位置する松田町の中心地あたりの住所だ。

ちなみにすぐ西側には松田庶子（まつだそし）という地名も存在する。惣領とは跡継ぎのことを指し、庶子とはそれ以外の子を指す。中世、この地の領主であった何代目かの地主が惣領と庶子に与えた領地がそのまま地名として残ったものらしい。

「営繕サービスの会社というと今日のような修理などをしているんですね」

晴虎の問いに三枝はにこやかにうなずいた。

「ええ、各種建物の営繕工事業務ですね。今日のような小破修繕や各種機器の点検を中心に屋根の防水や外壁塗装（とそう）なども手がけています。このエリアは中小規模工場も少なくないですが、高齢者だけの住宅も多いのです。それだけに水道が出ないとかエアコンがおかしいとかさまざまな電話が掛かってきます。建物周りのなんでも屋といった仕事ですね」

三枝はちょっと照れたように笑った。

「駐在所でもお願いしたいことがあるかもしれません」

もし駐在所の建物が破損した場合など、晴虎の手には余るので専門家に頼みたい。松田署の予算で許されればの話だが。

「もちろんいつでもお電話ください」

愛想よく三枝は答えた。

「三枝さんにはいつも丁寧（ていねい）な仕事をして頂いて感謝しているんですよ」

秋山がゆったりとした声で言った。

「いや、秋山さんは僕の生命（いのち）の恩人だから……」

恥ずかしそうに三枝は言った。

「と言いますと？」

晴虎は驚いて三枝の顔を見た。

「今年の二月のことなんですけどね。僕は八日にヤビツ峠から入山し、塔ノ岳、丹沢山、蛭ヶ岳と進んで蛭ヶ岳の西側の尾根下でテントを張って泊まり、次の日に檜洞丸からツツジ新道を通って、九日の昼過ぎにはここに降りてくるという予定で山行きに出かけたんですよ」

「本当は丹沢一帯は原則として大倉尾根の指定地以外はキャンプ禁止なんですけどね」

秋山がすかさず突っ込んだ。

「ところが、二日目の九日午後に檜洞丸の頂上南面近くで遭難したんです。登山道の一部が凍っていたんでうっかり足を滑らして崖下に落ちてしまいましてね。そしたら這い上がれなくなってしまったんですよ。なんとかテントは張ったんですけど、翌日は昼前から降雪でして。思った以上のドカ雪に降り込められましてね。テントで死にそうになってたんですよ。それはもう寒くて寒くて。おまけに食料も水も燃料も尽きそうになってしまうし……そこを一一日に秋山さんに発見してもらって九死に一生を得たというわけです」

三枝は肩をすぼめた。

「いや、僕一人の力じゃなくて、警察の山岳遭難救助隊とボランティアの山岳救助隊みんなの力ですよ」

秋山は謙虚（けんきょ）な答えを返した。

東丹沢地域の秦野（はだの）署と西丹沢地域の松田署には、警察官で構成される山岳遭難救助隊がある。この九月から晴虎も所属することになった。

一方、稜線や登山道に近い西丹沢登山センターを拠点とした民間ボランティアによる西丹沢山岳救助隊も存在し、秋山はその中心的な役割を担っている。

晴虎は秋山の所属する民間救助隊への入隊を希望していたが、丹沢湖駐在所員の立場からは許されなかった。

もっとも、実際に晴虎が救助活動に従事するとしたら、まずは民間救助隊の秋山らと行動をともにすることになるはずだ。

晴虎としては今年の遭難実例を詳しく聞きたい気持ちがあった。

今度の冬には自分も救助活動に従事する可能性がある。

「でも、実際に僕を発見し、あの崖下から救い上げてくれたのは秋山さんですから」

三枝は感謝の籠（こ）もった目で秋山を見た。

「秋山さんは遭難救助経験が豊富ですからね」

晴虎の言葉に秋山はかるく首を横に振った。

「いや、今回は運がよかったんです。携帯の圏外（けんがい）エリアでしたから、三枝さんの位置は把握（はあく）できなかったんです。だけど、テントが目印になりましたからね。滑落（かつらく）した谷がよかった。稜線から視認しやすい場所だったんです。それからテントが風で飛ばされなかったこ

ね」

「二月中旬の稜線付近はすごい雪になることも多いみたいですし、気温も下がりますよね」

晴虎の言葉に秋山は大きくうなずいた。

「ええ、このときは昨冬でいちばんの大雪でした。風もすごかったんで、吹きさらしの体感温度はマイナス一〇度くらいまで下がったんじゃないんでしょうか。三枝さんは幸いにもテント内でシュラフに入ってくれていたんで、低体温症に罹ることはなかったんです」

秋山はそのときのことを思い出すような顔つきで言った。

「しかし、三枝さんの遭難がわかってよかったですねぇ」

秋山たちが救助に駆けつけなければ、三枝は危なかったに違いない。

「予定を過ぎても帰宅しないと三枝さんのお友だちから連絡が入ったのは一〇日の昼前なんです」

「ええ、彼には八日の午後に電波の入る丹沢山のみやま山荘付近から電話を入れたんですよ。明日、下山したら電話するってね。さっきも言いましたが、九日の昼過ぎにはここに下山する予定でしたから。一〇日の夜には彼と飲む話になってたんです。だけど、一〇日になっても僕からの電話がないんで心配して通報してくれたんです。彼もまた生命の恩人ですね」

小さくなって三枝は言った。

ともラッキーでした」

「一〇日は捜索活動はできませんでした。一〇日の昼前から雪が降り出して夜中までずっと降り続けたんですよ。稜線付近は間違いなくすごい暴風雪だったはずです。もちろん、視界も悪くてヘリも飛べなかったんですよ。一一日は幸い朝から晴れてくれたんで、救助活動を開始しました。三枝さんは八日の朝にヤビツ峠から入山してたんで、東丹沢中心に捜索活動は行われたんです。が、下山予定はこちら側だったんで、僕たちも出動したというわけです」

秋山は淡々と話した。

「いや、この山を登るのは二度目で、冬は初めてだったんですけど、まさか転落して這い上がれなくなるなんて、夢にも思っていませんでした。幸いにも前の日は泊まったんでテン泊の装備は持っていたから生命拾いしました。もし、テントやシュラフがなければ確実に凍死してましたよ。それからラジオも救助隊が捜索活動に入ってくれていることをニュースで聞けたんで頑張れました」

三枝はほっと息をついた。

なるほど、と晴虎は思った。遭難時に怖いもののひとつに孤独（こどく）がある。ラジオで救助活動の開始を知って頑張れたという言葉には説得力があった。

「天気図を確認していなかったんですね」

晴虎の言葉に三枝は身を縮めた。

「面目（めんぼく）ないとしか言いようがありません。でも、確認していたとしても九日には下山する

した」

「一回目も同じルートだったんですが、そのときは降りるまで快晴だったんで油断してま

予定だったので……」

　低山だとはいっても冬はかなり危険な場合もある。

「たしかにそうですね。問題は転落事故でした」

　しょんぼりと肩を落として三枝は言った。

「三枝さん、そんなにしょげないでください。でも、これからはいつも足もとには注意してくださいね。それから天気情報にはじゅうぶん注意して入山するように気をつけてくださいよ。三枝さんがまた山に登ることを僕は応援したいです」

　秋山はやさしい口調で言った。

「でも、しばらく冬の山には入りたくありません」

　三枝はぶるっと身を震わせた。

「まずは秋の山でリハビリですかね」

　明るい声で秋山は笑った。

　秋山自身も生命を賭けての救助だったはずだ。しかし、そのことで三枝を責めるようなようすは少しもなかった。

　登山家として山を愛する男として秋山は一流だなと晴虎は感心した。

「ところで秋山さん、この付近で熊男を見かけませんでしたか？」

いささか唐突に晴虎は訊いた。

「熊男……ですか？」

秋山はけげんな顔で晴虎を見た。

晴虎は泰文たちから聞いたことを話した。

「見てないですねぇ」

秋山は首を横に振った。

「子どもを脅しつけるとは悪質ですね」

「そうなんです。ちょっと放ってはおけない気がします」

「でも、武田さんがいるから西丹沢は安心だな」

「ありがとうございます。もし、そんな男を見たら、わたしに一報頂けますか」

「承知しました。すぐに電話しますよ」

秋山は気安く請け合ってくれた。

「それではわたしはそろそろ失礼します」

晴虎はヘルメットをとって立ち上がった。

「あ、武田さん、お願いがあるんですけど」

秋山が立ち上がって晴虎に向かってかるく手を合わせた。

「なんでしょう。秋山さんの頼みとあれば」

「実はね、北川館の女将さんに持っていってもらいたい物があるんですよ。ワインなんですけど」

「一ダースと言われるとスクーターには積めませんけど」

晴虎は片目をつむった。

「あははは、一本だけですよ。この前、雪枝さんから美味しいモナカをひと箱頂いたんで、そのお返しなんですよ」

秋山はバッグに入っていたワインの箱を取り出して晴虎に渡した。

「たしかにお預かりしました」

晴虎は冗談めかして恭しく受け取った。

「自分で持ってけばいいんですが、登山道のパトロールしなくちゃならないんで。雪枝さんにはモナカ美味しかったですとお伝えください」

秋山は照れ笑いを浮かべた。

「お疲れさまです。大きな被害がないといいですね」

晴虎は三枝に向かって頭を下げた。

「二月の救助のお話ありがとうございました。参考になりました」

「いやいや、身の恥だらけの話でした」

頬を染めて三枝はかしこまった。

スクーターに戻ると、ワインをキャリアケースに入れて晴虎はエンジンを掛けた。

北川温泉に向かって走り始めるとさわやかな風が晴虎の身体を駆け抜けていった。

【4】

客を送り出した後の「山紫水明（さんしすいめい）の宿　北川館」はひっそりとしていた。

ワイン片手に玄関を入ると、帳場カウンターに番頭の山県（やまがた）の姿があるだけで、ロビーはがらんとしていた。白シャツにネクタイ姿の七〇近い山県は、血色の悪い四角い顔を持つ男である。

「おはようございます」

晴虎が声を掛けると、山県は気まずそうな顔をして歩み寄ってきた。

夏の事件の時にここで開かれた会議で、晴虎を非難したことをいまでも気に病んでいるらしい。若い頃に冤罪（えんざい）で捕まったことから警察嫌いになったと聞いている。

「これは武田さま、お疲れさまです」

もみ手を繰り返しながら山県は歩み寄ってきた。

「これを女将さんに渡してください。登山センターの秋山さんからです」

晴虎は預かったワインの箱を顔の前に掲（かか）げた。

「いや、いますぐ呼んで参ります。お掛けになってお待ちください」

あわてたように山県は奥へと消えた。

ヘルメットを脱ぐと、晴虎はダークグレーのレザーソファに腰を下ろした。

すぐに女将の甘利雪枝が現れた。

「武田さん、おはようございます」

雪枝は切れ長の瞳に明るい笑みを浮かべた。

小さめの鼻とふっくらとした口もとがやさしげでかわいらしい顔立ちだ。

白藍色に草木を描いた着物が痩身の身体によく似合って涼しげだった。

さっと雪枝は晴虎の正面に座った。

「秋山さんが、モナカが美味しかったと言っていました。お礼だそうです」

晴虎がワインを差し出すと、雪枝は箱に書かれてある銘柄をさっと見た。

「あら、こんなに高いワイン。かえって申し訳ないです」

晴虎にはよくわからないが、高価なワインらしい。

雪枝はワインを両手で受け取った。

「それじゃあ、わたしはこれで」

腰を上げた晴虎に、雪枝は押し留めるように言った。

「あの……少しだけお時間よろしいでしょうか」

とまどうような口ぶりでいながらも、雪枝の目は晴虎を捉えて放さなかった。

「はぁ……なにか」

晴虎はふたたび腰を下ろした。

「ご相談に乗って頂きたいことがありまして」

眉根を寄せて雪枝は頼んだ。

「わたしで対応できることでしたら……」

「武田さんしかお頼りできないのです」

雪枝はまっすぐな目で晴虎を見つめた。

いったいどんな悩みごとなのだろうか。

「わかりました。なんなりとおっしゃってください」

「はい。あ、山県さん、武田さんにお茶をお持ちするようにトモちゃんに言って」

カウンターの山県に向かって雪枝は声を張った。

「お茶なら、秋山さんのところで飲んできましたから」

晴虎は顔の前で手を振った。

山県は晴虎のようすを見てうなずいている。

「そうですか……では、お話ししますね。実は、ここのところ北川温泉周辺に乱暴な人が現れているんです」

雪枝は美しい額にしわを寄せて訴えた。

まさか雪枝から、子どもたちと同じ訴えが出るとは思わなかった。

「おそらく同じ人物のことだと思うんですが、今朝、そのことで泰文くんたち三人が駐在所に来ましてね」

「あら、やだ」

雪枝は掌（てのひら）で口もとを押さえた。

「大丈夫です。子どもたちは八時五分のバスでちゃんと登校しましたので」

雪枝はホッとしたような表情を浮かべた。

「すみません、いつもご迷惑をお掛けして」

「いいえ、少しも迷惑ではありません。ですが、子どもたちの言っている男と同じかどうか知りたいので詳しいお話を聞かせてください。乱暴と言いますとどんな感じでしょうか？」

「ええ、同じ男だと思います。子どもたちや地域の住人にも荒っぽい言葉を掛けるのです」

「たとえば、どんな言葉ですか」

「北川のバス停やうちの旅館の近くで、泰文やお友だちがふつうにおしゃべりしていたら『ガキどもうるせぇ』とか『静かにしねぇととっちめるぞ』などと怒鳴（どな）りつけるのです」

眉間にしわを寄せ、暴言男の口まねを交えて雪枝は説明した。

上品な雪枝の口から乱暴な言葉が出るのを、晴虎は一種奇妙な思いで眺めていた。

「ああ、子どもたちから聞いている内容と食い違いはないですね。それは子どもたちだけにではないのですよね」

「はい、地域の人、たとえば『ニレの湯』のスタッフさんとか、うちの仲居などにも『見てんじゃねぇよ』とか『なんか文句あんのか』と言って凄（すご）むそうです」

顔をしかめて雪枝は言った。

雪枝の言う「ニレの湯」は、北川館の対岸の少し上流にある町立「北川温泉ニレの湯」という日帰り入浴施設のことである。

「なるほど。困りましたねぇ」

晴虎は低くうなった。

「北川の人たちはみんな怖がっています。なにかの罪になりますよね？」

期待のこもった声で雪枝は訊いた。

「まぁ、まず考えられるのは脅迫罪なんですが……」

晴虎は言葉を濁した。

聞いた範囲では脅迫罪として立件できるかどうか微妙な事案だ。

「罪にならないんですの？」

雪枝は失望の色をありありと浮かべた。

刑法第二二二条は「生命、身体、自由、名誉又は財産に対し害を加える旨（むね）を告知して人を脅迫した者は、二年以下の懲役（ちょうえき）又は三〇万円以下の罰金（ばっきん）に処する」と定める。

判例ではこの脅迫を「一般に人を畏怖（いふ）させる程度の害悪を告知すること」と解釈している。

要件を満たしている可能性はあると言っていいが、『殺すぞ』ならともかく『とっちめるぞ』では、若干（じゃっかん）あいまいな気がする。また、『見てんじゃねぇよ』や『なんか文句あんのか』くらいではさらに害悪の告知としては弱い。もう少し詳しい話を聞きたい。

害悪の告知は言語による明示でなく、黙示でも足りるとされている。たとえば黙って刃物をちらつかせても害悪の告知となる。

「同時に物を叩いたり、棒などを振り回すようなことはしていませんか」

そのような行為があれば、黙示の脅迫による脅迫罪のほかに暴行罪も検討できる。

「そのあたりは、わたしは聞いておりません」

雪枝は小さく首を横に振った。

「そうなると、なかなか立件しにくいかもしれませんねぇ」

晴虎としては無責任なことは口にできなかった。

「でもね、武田さん。怖がっているのは地域の人だけではないのです」

「と言いますと？」

「うちを含めて、北川温泉のほかのお宿や『ニレの湯』のお客さんにも乱暴な言葉を浴びせるんですよ。『見るんじゃねぇ』とか『あっち行け』とか」

雪枝は口を尖らせた。

「それは困りましたね」

しかし、これらの言葉も立件できるかというと微妙なところだ。

「おまけに、例によってネットに書き込む人があって……」

雪枝は顔を曇らせた。

「ああ、またネットですか」

晴虎は鼻から息を吐いた。

管内に旅館街を抱えているからこその悩みだ。

夏の幽霊騒ぎのときにも「北川温泉に幽霊が出る」とＳＮＳで拡散されて、北川館をはじめとする北川温泉の旅館にキャンセルが続出したのだ。

「ええ、そうなんです。『北川温泉に行くと暴言を浴びせられる』という類いの投稿がいくつか見られまして」

雪枝は眉間にしわを寄せた。

「キャンセルなどの影響は出ているんですか」

「いまのところ、実害は出ていないんですけど、夏みたいなことになったら心配です」

晴虎にも雪枝の不安はよくわかった。

夏のときには、北川温泉の旅館や観光施設の経営者などによる対策会議が開かれるまでに問題が発展した。

ＳＮＳの普及はこういった面では多くの不都合を呼び起こすことがある。

「業務妨害罪を検討する余地がないわけではないんですが」

晴虎の言葉に、雪枝は身を乗り出した。

「本当ですか」

「ただ、その場合には暴言男に『他人の業務を妨害すること』つまり北川温泉の各施設さんの業務を妨害することについての故意がなければなりません。いままで伺ったお話では明確な故意を認めるわけにはいかなそうです」

晴虎は自分の言葉が歯切れの悪いことを自覚していた。しかし、安易な答えを返せば、かえって雪枝を苦しめることになりかねない。

「やはり駄目ですか」

雪枝は肩を落とした。

ＳＩＳの班長時代は、相手は立てこもり犯や誘拐犯だった。立件の余地を検討する必要などなかったと言ってよい。駐在所員の仕事はこういった犯罪すれすれの事案に立ちあわなければならないのだ。

駐在所員に限らず、地域課員は警察のなかのなんでも屋なのだ。だが、晴虎は西丹沢の人々のために生きるいまの暮らしが性に合ってきていた。

果たして警察官として新しい生き方を見つけられるだろうか……。

四月に赴任したときの漠然とした不安感はいつの間にか薄らいでいた。

「立件はできなくとも、警告を発したり注意をすることはできます。その男の外見的な特徴などを教えて頂けませんか。わかる範囲でけっこうです」

晴虎は念のためにポケットから手帳を取り出してひろげ、ペンを手にした。

「はい、武田さんにお伝えしようと泰文とうちの仲居、それから『ニレの湯』のスタッフさんからも詳しく聞いてあります。仲居はしっかりしているのできちんと覚えていました」

張りのある声で雪枝は答えた。

「そりゃどうも」

これは助かる。被疑者などに対する目撃者の証言ははっきりしないことが多いのだ。

泰文たちからも聞いているが、大人の目撃証言は重要である。

「見上げるような大男で筋骨隆々だそうです。プロレスラーみたいな人で怖かったと言っています」

雪枝は自分も怖そうな顔を作って見せた。

泰文たちもプロレスラーのようだと言っていた。

「すると、身長は一八〇センチくらいでしょうかね」

「少なくともそれくらいでしょうね。二の腕も樽みたいに太くて熊のようだったと言っています。泰文たちは熊男と呼んでいます」

のどの奥で雪枝は笑った。

「やはり熊男なのですね。泰文くんたちから聞いている人物と考えて間違いないでしょう。そんな容貌なら、会ったらすぐに特定できそうですね。年齢はどのくらいでしょうか」

「五〇代くらいではないかという話です」

これも寛之の言葉と矛盾しない。

「髪型はわかりますか」

「短めだったと言っていますね。詳しい髪型まではちょっと」

もっと床屋に行ってしまえば髪型などは変わってしまうので重要な情報とは言えない。もっと禿頭であれば特徴にはなり得るだろうが、そうではないらしい。

「わかりました。これだけ特徴を伺えば、その男が現れたときにすぐにわかるでしょう。むろん地域の人ではありませんね」

雪枝はきっぱりと言い切った。

「ええ、北川の人でないのはもちろんですけど、西丹沢の人じゃないですね」

雪枝が言っている西丹沢は、晴虎の管轄区域と同じ意味だ。

管轄区域はすべて山北町内で、駐在所のある神尾田と、玄倉、北川、世附という字である。西丹沢全域と言っていいほど広いが、集落の数も住民の数も少ない。

住民同士はほとんどが顔見知りだ。

「クルマで来ているようですか」

「たぶんクルマで来ていると思いますが、見た人がいないので」

ナンバーは無理としても車種がわかれば参考になったのだが。

「この地域に来ている目的というか用件はわかりますか」

「さぁ……『ニレの湯』にも入浴していないみたいですし……なにしに来ているのか。ただ、もう五、六回は来ているようです」

雪枝は首を傾げた。

「ところで、その熊男がよく現れる時間帯などはわかりますか」

「そうですね、五時から七時くらいが多いようです」

　これも子どもたちの話と一致する。

「わかりました。パトロールを強化して、もし出会ったら必ず職務質問は掛けてみます」

　晴虎は手帳を畳むと雪枝に向かってしっかりと告げた。

「よろしくお願いします。繰り返しになりますが、武田さんのほかに頼れる人はいないのです」

「あまり心配しないほうがいいです。それから、今度その男が現れたらわたしに連絡してください」

　晴虎は自分のプライベートな携帯番号を地域の人たちに伝えてあった。

　この付近は一一〇番通報してもパトカーが来るのに数十分掛かる。それならば、自分が駆けつけたほうが早いと考えていた。

　地域の人たちも本当に重要な案件しか電話しないという良識を持っているのか、スマホが鳴ったことはなかった。

「ありがとうございます。助かります」

　雪枝は顔の前で手を合わせた。

「ところで泰文くんは元気にしてますね」

「ええ、おかげさまで、毎日お友だちと遅くまで遊んでいます。武田さんにもお世話になりました」

雪枝は顔をほころばせた。

「いや、わたしはなにもしていません。でも、友だちとも仲よくできてよかったです。それじゃあ、わたしは失礼します」

晴虎はヘルメットを手にして立ち上がった。

駐在所に戻って昼食を済ませ、午後からは玄倉地区を中心にパトロールを行った。

駐在所近くの酒屋で弁当を買った晴虎は、ジムニーパトに乗り換えて、再度、北川地区を訪ねた。

五時頃から温泉付近を巡回しながら待ち構えてみたが、熊男は現れなかった。

弁当を食べ終わって七時半頃に駐在所に戻った。

食事のことは考えるとして、しばらくは毎日こうして北川地区を巡回しようと思った。

第二章　殺人

【1】

翌日は土曜日だった。

晴虎は週休日にあたっていて休みだった。

駐在所員の勤務は午前八時三〇分から午後五時一五分の日勤制である。

夜間は基本的には勤務から解放され、管内で事件があった場合には本署の当直員が対応することになる。夜が自分の時間であることには、晴虎もずいぶんと慣れてきた。

警察には地域課など三交代制の部署と、夜間と週休日は休みという日勤の部署がある。

警視庁には四交代制という部署も存在する。

駐在所はやや特殊（とくしゅ）で、近隣の駐在所と調整しながら月に八日から一〇日の週休日をとるというシフトが組まれている。

月に一度は二連続の週休日がやって来ることもある。

晴虎は二日続けて休みという勤務にまだ慣れていなかった。自由時間がそれだけ続くというのは、なんとなく不安なのだ。

実はかつての勤務であった刑事たちも同じように日勤で、一週間の勤務時間は四〇時間である。

しかし、捜査本部や指揮本部などが立ち上がると、勤務時間にはなんの意味もなくなる。事件の解決に向けて半徹夜（はんてつや）の日々が続くことは少なくなかった。

その捜査本部から一人の男が丹沢湖駐在所にやって来た。

かつて晴虎が捜査一課強行五係の主任をしていたときの部下だった江馬輝男（えまてるお）である。

晴虎は六年ほど前に特殊捜査一係から強行第五係に一時的に異動していた。

いまは江馬は強行第八係に異動して主任となり、階級も晴虎と同じ警部補に昇格している。

会いたいと一一時頃（ごろ）に電話してきた江馬が駐在所に顔を出したのは、晴虎が昼食をとった後だった。

せかせかとした足どりで駐在所に歩いてくる男が見えた。

「どうも。八月以来ですね」

江馬は駐在所の入口で笑顔であいさつした。

「おお、元気そう……でも、ないか」

江馬の笑顔に屈託（くったく）の色が浮かんでいる。

「そうなんですよ、電話でも言いましたが、相談に乗ってほしいんです」

「捜一きっての好男子、そんなところに立っていないで、なかに入れ」

晴虎は江馬を建物のなかに招じ入れ、リビングに案内した。

「これ、つまらない物ですが」

江馬は菓子折を差し出した。

「土産なんかいらないけど、まぁ、座ってくれよ」

「それじゃ失礼して」

江馬が座ると、晴虎は冷蔵庫から緑茶のペットボトルを出してテーブルの上に置いた。

「それでいいな。悪いがお茶受けがなくてね。江馬からもらった菓子を頂くぞ」

「あ、どうぞ」

包みを解くとなかからあられ餅が出てきた。

「で、おまえヒマなのか」

藪から棒に晴虎は訊いた。

「ヒマなわけないでしょ……殺人事件の捜査本部にいるんですから」

あられ餅を食べながら江馬は苦笑いを浮かべた。

「捜査本部立ってるなら、なんでこんなところで油売ってんだ?」

晴虎の素直な疑問だった。

刑事は捜査本部が立つとなかなか家に帰ることもできないほど忙しくなる。

「捜査に来ているに決まっているじゃないですか」

まじめな顔で江馬は答えた。

「エスケープしてるってわけか」

晴虎はからかうように言った。

「いや、被害者がこの西丹沢エリアに何度か来ていたんですよ」

「そうなのか……」

意外な発言だった。

「事件が起きたのは冬なんですよ。僕は九月から引っ張られたんですが、捜査進んでないんです。捜査本部全体に沈滞ムードが漂ってましてね」

「半年も経ってりゃそうだろうな」

晴虎は大きくうなずいた。

捜査本部は初動捜査も含めてだいたい三週間から一ヶ月が一期となっている。一期を過ぎると捜査員は四分の三に減らされる。こうした場合にはたいてい事件は長期化する。さらに長期化するとまたも人員が減らされて当初の半分くらいの人数となってしまう。

「うちもほとんど半分に減らされて三六名態勢です。捜査幹部もほとんど顔を出さず、管理官が仕切ってます。捜査員たちはやる気がなくてね」

江馬はほっと息をついて嘆いた。

「管理官は誰なんだ」

「武田さんと仲よしの宇佐美管理官ですよ」

にやっと江馬は笑った。

「ああ、宇佐美さんか」

江馬は皮肉を言っているのだ。

五〇代の宇佐美刑事部管理官とは六月の事件で意見が合わず、また晴虎が指揮を無視して活動したため睨まれていた。

ふたつの事件解決に力を発揮したことから、晴虎の能力を認めているところもある。だが、宇佐美管理官は命令を無視した晴虎の独断専行に何度も手を焼いていた。自分が率いる捜査本部には近づいてほしくないと思っているはずだ。少なくとも仲よしでないことはたしかだった。

「宇佐美管理官も僕と同じで九月から、うちの捜査本部に引っ張られたんですよ。膠着している捜査を少しでも進展させたいっていう上の意向でしょう。前の管理官が九月一日付けで都筑署長に異動になったからなんですけどね」

「あの宇佐美さんなら気合い入れてるだろう」

宇佐美管理官は仕事に対して強い熱意を持っている。

「ええ、本人は捜査員に活を入れています。でも、笛吹けど踊らずって感じですね」

江馬はかるく顔をしかめた。

「捜査本部にいる捜査員たちの熱気が日を追って下がっていくのは、仕方がないことだからな」

晴虎は鼻から息を吐いた。

「ま、そうなんですけどね。後から配置された僕としてはつらいわけですよ。宇佐美管理官も僕のお尻を叩くことが多いんです」

「おまえはまた予備班か」

「ええ、そうです」

江馬のように本部の主任や所轄の係長といった警部補クラスは、捜査本部では予備班に編入されることが多い。予備班は捜査本部長や捜査主任などの捜査幹部を補助する役割だ。

「捜査幹部がほとんど顔出しませんからね。わりあい自由に動けます」

「いいなぁ、適当にサボれて」

晴虎がからかうと、江馬はまじめにムキになった。

「ヤだなぁ。さっきも言ったでしょ。捜査に来てるんですよ」

「冗談だ」

「まぁ、わりあい時間があることは事実なんで、僕も捜査資料をたんねんに追ってみたんですよ。だけど、いまのところこれといった手がかりがないというのが実情なんです。で、武田さんに事件のことを相談したくて伺いました。どうか、お知恵を貸して下さい」

江馬は顔の前で手を合わせた。

「俺にそんなに頼るなよ。たいした人間じゃないぞ」

笑いながら晴虎は答えた。

「なに言ってんですか。捜一時代の武田さんの活躍を知らないヤツはモグリですよ」

江馬の言葉には熱が籠もっている。

「大げさなことを言うな。まぁ、事件の概要を話してくれ」

　ペットボトルに口をつけて晴虎はのどを潤した。

「事件が発覚したのは今年の二月一三日です。藤沢市の辻堂西海岸の砂浜に一人の男性の死体が漂着しているのを犬の散歩に来ていた近所の住人が発見しました。被害者は所持品等によって漂着現場からほど近い茅ヶ崎市内に居住する成山祐一という五五歳の男性であることが判明しました」

　取り出した手帳を開いて江馬は説明を始めた。

「被害者は何者なんだ？」

「小説家です。まぁ、そこそこ売れていたみたいです」

「聞いたことない名前だな。ジャンルはなんだ？」

「おもに警察小説とミステリみたいです」

「俺はミステリはよく読むけど、知らないなぁ」

　丹沢湖駐在所に異動になってからは、夜には安定した時間が作れた。ここ数ヶ月はミステリ小説を読むのが日常になっている。読みたい本は、休みの日に書店の多い御殿場市まで足を伸ばして購入している。

「まだ二作しか出していない新人に近い人なのです」

「え、だけど五五歳だろ？」

「デビューが遅いんですよ。ほかの仕事していたんですよ。横浜市内の通信機器メーカーの総務課に勤(つと)めていたみたいです。二〇一七年に『トモ犬マーサ』で、日本ミステリ作家協会の主催する高木彬光(たかぎあきみつ)文学賞という新人賞を受賞しました。二〇一八年にその受賞作が詠文社(えいぶんしゃ)から刊行されてデビューしてます」

その新人賞の名前は、晴虎も聞いたことがあった。

「なんだ。犬の話か」

正直、あまり興味のある分野ではない。

犬にせよ、猫にせよ、晴虎はペットを飼いたいと思ったことはなかった。

動物嫌いでは決してないのだが。

「それがですね。人語を解する警察犬マーサの話でして、コンビになっている女性巡査部長の佳子(よしこ)は犬の言葉がわかるんですよ。マーサと佳子が会話しながら難事件を解決してゆくってストーリーです。僕は読んでないんですけどね」

「要するにファンタジーだな」

人間の言葉を解する犬はいるだろう。事実、警察犬はかなりの言葉を覚えている。

だが、犬の言葉を理解できる人間がいるのだろうか。少なくとも複雑な会話が成り立つとは思えない。とすればファンタジー小説のカテゴリーに入る物語に違いない。

晴虎は別にリアリストではないが、ファンタジー小説には馴染(なじ)みが薄かった。

書店で見かけても、ファンタジー小説だと思って関心を持たなかったのかもしれない。

「まぁ、ファンタジーっぽいですね。で、この作品がテレビドラマ化されて一挙に人気が出たんですよ」

「そんなテレビ番組があるのか」

あまりテレビは見ないので、これまた知らない話だった。

「ええ、サクラテレビの夜九時台の帯ドラマになってます。ドラマのタイトルは『警察犬捜査官　朝比奈かおり』と変えられているんですが、浦野マリコが主演してけっこう人気あるようです。その効果もあって一〇万部くらい売れたみたいです」

江馬はどこか嬉しそうに言った。

「一〇万部って言えばベストセラーだな」

晴虎は驚きの声を上げた。

最近は、スマホの普及などで本も売れないと聞いている。一〇万部売れる本は少ないのではないか。テレビ離れも進んでいると聞くが、やはりドラマ化は有利なのだろう。

「続巻もなかなかの人気だそうです。専業でやっていっているんですから、そこその売れっ子作家だったたってことに間違いはないでしょう」

江馬はしたり顔で言った。

被害者情報はとりあえずこれくらいでいい。

「殺人と断定された経緯を教えてくれ」

「はい、成山さんは、漂着場所から二・五キロほど離れた茅ヶ崎市東海岸南という住宅地に住んでいました。成山さんは釣りが趣味で、ときどき自宅から七〇〇メートルほど離れた茅ヶ崎ヘッドランドという場所で海釣りをしていたそうです。ここは砂浜の侵食（しんしょく）を防ぐために人工的に作られた小さな岩礁（がんしょう）で、T字型に内海に突き出ていることからTバーとも呼ばれています」

「茅ヶ崎ヘッドランドのことは知っている」

晴虎は言葉少なに言った。

「ああ、そうでしたか……あそこは釣り人が多くカサゴ、カマス、イシモチなどが釣れるそうです」

「ヘッドランドが現場なんだな？」

「そうです。成山さんはこのヘッドランドから何者かに海に向かって突き落とされたんですよ」

江馬はぶるっと背中を震わせた。

「実は俺は茅ヶ崎ヘッドランドに行ったことがある」

「えー、そうだったんですか」

江馬は両目を見開いた。

晴虎にとっては淋（さび）しい記憶だった。

三年ほど前の冬の休日に妻の沙也香と、茅ヶ崎の人気そば店に行ったことがあった。その店は海岸に近く、そば好きな沙也香のリクエストだった。

そばも美味く、白子（しらこ）や牡蠣（かき）の天ぷらなどの酒肴（しゅこう）も抜群だった。

会津の日本酒で一杯やって、ふたりとも大満足だった。

和風のシックな店内で『晴ちゃんとこんな美味しいお酒が飲めるなんて最高の日だね』と笑っていた沙也香の笑顔を思い出す。

ある事件が終わって得られた、ほんのつかの間の幸せだった。

ほろ酔い気分で浜辺まで二人で歩いた。

海が見えると、その先に見えているのがヘッドランドだった。

「ああ、松林を抜けてヘッドランドに降りて行く道も覚えている……目撃者がいるんだな」

晴虎の問いに江馬はゆっくりとあごを引いた。

「はい、当夜は風が強くて釣り人はほとんどいなかったそうですが、すぐ近所なので成山さんは釣りに来ていたようです。ヘッドランドは照明がありませんが、当夜は満月でしたので、月光でかなり視界が利きました。目撃したのは市内在住の山本さんというご老人なんですが、この方も釣り好きでして、月の明るい夜を狙って夜釣りに来ていたそうです。山本さんはフラッシュライトを点けてヘッドランドに近づいたそうですが、点けなくてもいいほど明るかったと言っています。そうしましたらヘッドランドの入口近くで、誰かが人間を突き落とす姿を目撃したのです。目撃地点は成山さんが落とされた場所から五〇メートルほどの場所です。午後九時頃だったと証言しています。山本さんは腰を抜かしてしまったそうです。突き落としたのは大柄の男でそのまま平塚方向に走って逃げたそうです」

「その山本という老人はその場で一一〇番通報しなかったのか」

素朴な疑問だった。

「怖かったので、そのまま帰宅して、同居している娘夫婦にも話さなかったそうです」

江馬は顔をしかめた。

「困ったことだが、ありがちな話だな。老人ならば、不思議はないだろう」

晴虎は鼻から息を吐いた。

実際問題、こうした事例で警察に通報しない人間は一定数存在する。通報すると、犯人に仕返しされるとか、警察に自分が犯人だと疑われると思うらしい。

「ええ、とにかく見なかったことにしたかったらしいです」

「では、どのように山本さんに辿り着いたんだ？」

「山本さんは市内中海岸在住で、現場からだいたい一キロくらいの位置に自宅があるんです。で、現場のことが気になって、事件後、何度もヘッドランド付近に来ていたそうなんです。そこで、別件で出張っていた茅ヶ崎署地域課員に声を掛けられたんですよ。どこか挙動不審だったんでしょう。山本さんは地域課員が成山さん殺しの件で声を掛けてきたと思って、目撃した事実を泡食ってしゃべり出したそうです。そんなら最初から通報してくれって話ですよね」

江馬はおもしろそうに笑った。

「その状況からしても山本さんは犯人とは思えんな」

真犯人が自分からわざわざ犯行を目撃したなどと言い出すはずはない。

「はい、とくに成山さんとのつながりは見つかっていません。日頃からヘッドランドにはよく夜釣りに行っていたことも家族から確認が取れています」

「山本さんは犯人の顔は見ていないんだな」

江馬はかるくあごを引いた。

「五〇メートルくらい先なので、よく見えなかったそうです。キャップのようなものをかぶり、黒っぽいダウンジャケットを着ていたことは証言しています」

「それだけでは、犯人の特定にはつながらないな」

「そうなんです。で、山本さんの目撃証言に従って、ヘッドランド付近を捜索したところ、成山さんの釣り用クーラーボックスがテトラポッドの隙間に挟まっているのが見つかりました。また、成山さんのスマホもその近くで発見できました。成山さんは二月九日の午後九時頃に、何者かによって茅ヶ崎ヘッドランドから突き落とされて、死亡したものと結論づけられました」

「司法解剖の結果とも符合するんだな」

「はい、司法解剖によって成山さんの死因は溺死と判断されました。また、頭部には転落時に打撲を受けたためと思われる傷がありました。死亡推定時刻は二月九日の午後七時から一一時くらいとのことで、これも目撃証言と符合しています」

「なるほど……いままでの話からすると、被害者の成山さんは単身者で独り暮らしなんだな」

「はぁ、そうですが。わかりますか」

江馬は首を傾げた。

「だって、おまえは一度も成山さんの家族の話をしなかったし、二月九日に殺されて一三日に死体が漂着するまで、成山さんが海のなかにいることに誰も気づかなかったんだろ」

晴虎にとってはごくあたりまえのことだった。

「あっ、そう言えばそうですよね。家族が同居していればその晩のうちに警察に通報するでしょうね。さすがは武田さんですね」

江馬は驚きの声を上げた。

「あたりまえだ」

晴虎はあきれ声を出した。

「しかし、成山さんっていう人も四日近く音信不通でも誰も驚かないんですかねぇ。僕なら連絡なしで休んだら、まず係長が騒ぎ出しますよ。無断欠勤だ、誰か水ぶっかけて起こしてこいってね」

力なく江馬は笑った。

「よかったな。彼女いなくても孤独死しなくて済むな」

「ぎくっ」

江馬は大きく後ろへのけぞった。

「おまえにもしものことがあったら、彼女の代わりに係長が気づいてくれるな」

「なにもここでそれを持ち出さなくても」

冗談めかして江馬は口を尖らせた。

「ははは、帰ってこないときに、すぐに通報してくれる彼女を早く見つけろ」

江馬はどう答えていいかわからないような困った顔になった。

これは晴虎も同じことなのだ。

「それにしても、専業作家ってのは、そんなに孤独な毎日を送ってるんでしょうかねぇ」

嘆くような声で江馬は言った。

「作家なんてそんな仕事なんじゃないのか」

「僕なら耐えられないなぁ」

うなるように言った。

何日も一人でいるような経験は晴虎にはない。だが、この駐在所だって一人きりだ。

もっとも、地域の人々との交流に忙しい日々なので孤独とは縁遠い。

事件の経緯はわかった。

「整理すると、二月九日の午後九時頃、成山さんは茅ヶ崎ヘッドランドという人工岩で夜釣りしていたところを犯人に襲われて海に突き落とされた。その瞬間をたまたま夜釣りに来た山本という老人に見られた。大柄な犯人は平塚方向に逃げた。と、これでいいか？」

晴虎は念を押した。

「はい、間違いないです」

「なにかが引っかかるんだよなぁ」

晴虎のこころの中にわずかな違和感があった。

「え？　いったいなにが引っかかるんですか？」

江馬は身を乗り出した。

「それがわからないんだ」

晴虎自身にもその違和感の正体ははっきりしなかった。

「そうかぁ、なにかヒントが頂けるかと思って期待しちゃいましたよ」

「……すまんな」

自分の違和感をはっきりできないもどかしさを晴虎は感じていた。

「ところで、山本さん以外に目撃者はいないのか」

「ええ、目撃者はほかには見つかっておらず、ヘッドランド付近には防犯カメラも設置されていません。近くを通る国道１３４号線の防犯カメラにも怪しい者の姿は記録されていません。捜査本部では犯人が海岸線沿いを通っている湘南海岸サイクリングロードを通って平塚方向に逃走したものと推察しています。いずれにせよ、いまのところ地取りはなにひとつ成果が上がっていません」

江馬は肩を落とした。

「砂浜とあの岩礁じゃゲソはとれないだろうしな」

晴虎は現場付近を思い浮かべた。

ゲソとは犯人の残した足跡を指す刑事用語である。

「ええ、鑑識の成果も芳しくありません。さっき言ったクーラーボックスとスマホのほかには、これといった残留物は見つかっていません。ゲソ痕もそうですが、強風だったのでいろいろなものが飛ばされたようです」

江馬は浮かない顔で言った。

「物盗りの仕業じゃないよなぁ」

状況から考えて強盗殺人の事案とは思えなかったが、晴虎は念を押した。

「間違いありませんね。成山さんのメインの財布は着ていた服のポケットに残っていました。どう考えても動機は怨恨ですね」

「怨恨の線で鑑取り捜査は進んでいるのか」

「そちらもたいした成果は上がっていません。成山さんはとにかく人づきあいが少なかったようです。前の職場の人間関係は良好のようでしたが、二〇一七年に仕事を辞めてからは誰とも連絡をとっていません。また、友人も少なく、作家同士のつきあいもほとんどなかったようです。交際している女性もいなかったみたいです。よく連絡をとっていたのは詠文社の三〇代の男性編集者一人です。ですが、この編集者も成山さんの人間関係についてはなにも聞いていないそうです。いずれにしても被疑者になりそうな人間は浮上してきていません」

「孤独な小説家の孤独な日々か……」

晴虎はぽつりと言った。

「成山さんのライフスタイルですが、一日じゅう部屋に籠もって仕事をしていて、夕食を食べるときには徒歩圏内の数軒の飲食店を利用していました。それらの飲食店にも聞き込みに廻ったんですが、担当編集者以外に誰かを連れて来たことはないそうです。飲食店ではいつもにこやかで、酒に酔ってもとくに問題となるような態度をとることはなかったそうです。あとは近くの二軒のコンビニで買い物をしているくらいしか外出もしていませんでした。日用生活品や食料もほとんどネット通販で買っていました。成山さんを知っている者は口をそろえて恨みなどを買うような人には見えなかったと言っています。また、ギャンブルや風俗などの趣味もなく、経済状態も良好でした。趣味は釣りとブランドものの洋服や小物を通販で買うくらいだったようです」

私生活に問題のある人物ではなかったようだ。

「釣りには出かけていたんだな」

「はい、県内の何か所かで釣りをしていたようです」

「おまえ、最初に言ってたな。成山さんがこのあたりに来てたって」

とすると、釣りしかないのではないかと晴虎は気づいた。

「ええ、それで捜査に来たんですよ。成山さんは去年の春から夏くらいに三度、河内川を遡った西丹沢登山センター付近で釣りをしてるんです。クルマで来て、帰りには『ニレの湯』にも入っているんですよ。おもにヤマメを狙ってたみたいですね」

「本当か」

晴虎は驚きの声を上げた。

「ええ、河内川では肌身の白いきれいなヤマメが釣れるそうじゃありませんか。成山さんにしては珍しい外出なので、この午前中にいちおう洗ってみたんですよ。登山センターの秋山さんや『ニレの湯』の管理人さんのところにも立ち寄ったんですが、成山さんの顔を覚えている人はいませんでしたね」

「うーん、釣りをしていただけじゃ秋山さんは覚えているはずないな。それに『ニレの湯』も、毎日、たくさんの入湯者がいる。曽根さんも覚えてないだろう」

「誰かと一緒だったんじゃないかと思いましたが、無駄足でした。まぁ、いまのところの調べでは釣り仲間もいないみたいです」

「成山さんって人は本当に人付き合いがなかったんだな。茅ヶ崎には船宿も多いよな？」

「茅ヶ崎には乗り合い釣り船も何艘もありますが、一度も使っていませんね。成山さんは河内川と小田原の早川で渓流釣りをしていました。でも、最近はヘッドランドの釣りだけに絞っていたようです」

「彼は釣った魚をどうしてたんだ？」

素朴な疑問だった。

「自分でさばいて料理して食べていたようですね」

「一人じゃたくさん釣っても意味はないな」

「そうですねぇ。釣果が多いときに配っていたようすもないみたいですしね……」

晴虎は釣りをしないが、釣果があったら秋山やら雪枝などに配れる。

家族もおらず友人も少ない成山は、釣った魚の持って行き所もなかったのかもしれない。

「なんだか淋しい話だな」

「とにかく執筆を中心に淡々と日々を過ごしていたみたいですね」

「ネット上のつきあいはどうなんだ？」

実生活で問題がなくとも、ネット上でトラブルを起こしていることもある。

「そちらも当然調べていますが、いまのところトラブルの情報などは入っていません。成山さんは大手ＳＮＳのツィンクルだけにはアカウントを持っていましたが、発信は積極的ではなく、ダイレクトメッセージ欄も閉じられていました。開設時からのリプライはすべてチェックしていますが、とくに問題のあるリプライは見つかっていません」

「要するに、地取りも鑑取りも鑑識も八方塞がりというわけか」

「おっしゃる通りなんですよ」

江馬は冴えない顔で言葉を継いだ。

「だから、ここへ来たんです。武田さんのお知恵を拝借したいんですよ」

「そう言われてもなぁ……いまのところ思いつくことはないよ」

晴虎は正直に答えるほかなかった。

「駄目ですか……」

江馬は悄げ顔で言った。

「うーん、たしかに事件が起きてからおよそ七ヶ月となると厳しいよなぁ」

晴虎はうならざるを得なかった。

江馬が説明した通り、捜査本部は手を尽くして捜査している。

日を追うごとに、人の記憶はあいまいになってゆき、証拠も散逸してしまう。

刑事事件において、初動捜査が大切なのはそのためである。

二〇一五年に発表された警察庁の方針により、殺人などの凶悪事件の捜査本部での集中捜査は事件発生後一年間とされた。一年経過時点でその捜査本部は解散する。

その後、五年を経過するまでは、管轄警察署、本件であれば茅ヶ崎警察署の専従班が捜査を行う。五年を経過した事件、いわゆるコールドケースについては、都道府県警本部に設置された未解決事件専従チームが引き継いで捜査することになる。

この事件で言えば、先日会った捜査一課特命係長の諏訪警部が率いるセクションの出番である。

捜査本部解散後に事件が解決できる可能性は格段に低くなる。諏訪も大変なポストに異動したものだ。

「ヒントがないんで、捜査する相手先もなくなっちゃってるんですよ」

「いろいろと考えてみるよ。なにか思いついたら、江馬に連絡するから」

「よろしくお願いします」

顔の前で手を合わせて江馬は頭を下げた。

「今日は無理だろうが、たまには一杯やろう」

「いいですね、武田さんもたまには街に下りて来て下さいよ」

「山ごもりしているように言うなよ。この前も横浜のなんとかってカフェに行ったんだぞ」

晴虎は楽しげに笑った。

「え？　彼女とデートですか」

江馬は両目を大きく見開いた。

「ああ……昔なじみでな」

「そんな人いましたっけ？」

「おまえの近くにいるヤツだよ」

晴虎は含み笑いを浮かべた。

「誰です？」

興味津々という顔で江馬は身を乗り出した。

「諏訪勝行だよ」

晴虎はにやっと笑った。

「なんだ、諏訪警部ですか。あの人甘党だもんな」

とたんに江馬はつまらなそうな顔になって立ち上がった。

「なにか気づきましたら、ぜひご一報を」

江馬はていねいに頭を下げて頼んだ。

「了解しました！　江馬警部補どの」

晴虎はふざけて立ち上がり挙手の礼を送った。

江馬は来たときと同じようにせかせかとした足取りで駐在所を出て行った。

この一件で、自分が役に立てると晴虎には思えなかった。

【2】

次の日の夕方のことだった。

駐在所の二階で読書をしていた晴虎の携帯が鳴り響いた。

ディスプレイを見ると、江馬からだった。

「はい、武田。なにかあったか」

「あの、被疑者浮上です」

江馬の声はうわずっていた。

「なんだって？」

晴虎の声も高くなった。

「菅沼定一という伊勢原市内在住の五五歳の男です」

「いったい何者なんだ？」

「被害者の成山さんは鎌倉市出身なんですが、中学時代に同級生だった男です。熱心な鑑取りをやっていた連中がようやくこの男の存在を見つけ出してきました。菅沼の職場の同僚の証言から一挙にいろいろなことがわかりました」

「幼なじみってヤツか？」

「ま、そうなんですけどね。どうやら、成山さんが作家デビューして成功している姿をメディアで見てから接近したようなんです」

江馬は吐き捨てるように言った。

「で、ふたりにはどういうつながりがあるんだ」

「菅沼は去年の夏頃に成山さんから多額の……三百万円ほどの金を借りてるんです」

「なるほどな、最初の接近からして金目当てか」

晴虎は鼻から息を吐いた。

「そうとしか思えませんね。で、菅沼は年内に返す約束なのにまったく返せていなかったと思われるんですよ。ギャンブル依存症だったと同僚が証言しています。おもに競輪らしいんですけど、パチンコにも相当突っ込んでいたみたいです。同僚にもちょこちょこ金を借りています。おまけに成山さんに借金の言い訳をしている電話を同僚が聞いているんです。かなり弱っていたようです」

「つまり、金を返せないから成山さんを殺したってのが動機か」

暗い声で晴虎は訊いた。

ありがちな動機だが、強盗殺人罪となって罪は非常に重い。下手をすると死刑にすらなりかねない。

「捜査本部ではそう見ています。それだけじゃないんです。この菅沼って男は釣り好きで、茅ヶ崎ヘッドランドにもしばしば釣りに出かけていたそうなんです」

「現場付近の地形もよく知っていたわけだ。成山さんがヘッドランドで釣りをしていることを知っていても不自然じゃないな」

「はい、いくつかのファクターから有力な被疑者と見られます」

「動機はしっかりしているな」

それにしても三〇〇万円で殺されてしまったのでは、ベストセラー作家の成山祐一としては割に合わないだろう。

「どんな職業の男なんだ？」

「町田市内にあるスポーツジム『フィットネスＦ』のインストラクターです。写真を見たところ傭兵みたいなごっつい男ですね」

「逮捕令状とれそうなのか」

「それが……無理なんです」

江馬は急に声を落とした。

「決定的な証拠がないんだな」

「もっと問題があるんです。菅沼にはれっきとしたアリバイがあるんですよ」

「それを先に言えよ」

晴虎はあきれた。アリバイがあれば逮捕できるはずはない。

「すみません」

「どんなアリバイなんだ？」

「二月九日の午後九時頃は町田市の『フィットネスＦ』にいたんですよ。二人の同僚と五人の利用者が証言しています」

「それじゃあ、菅沼が犯人のわけないじゃないか」

少しつよい口調で晴虎は言った。

「でも、そのほかの条件はぴったりなんですよねぇ」

江馬は悔しそうな声を出した。

「いくら捜査が行き詰まっているからって無理やり犯人を作り出すなよ」

さらに厳しい声で晴虎は言う。

「そんなつもりはありませんよ」

言い訳めいた口調で江馬は答えた。

「冤罪(えんざい)こそは、捜査員が一番避けなければならないことだぞ」

わずかの間、江馬は黙った。

背後に何人かの声が聞こえている。捜査本部から掛けているのだろうか。

「ねぇ、このアリバイ崩れませんかね」

気弱な声で江馬は言った。

「七人も証言してるんだろ。崩れるわけないじゃないか。しかも同僚だけならともかく、利用者がそろってウソを吐くわけはないだろ」

「そうですよねぇ。利用者同士に横のつながりはないでしょうし……」

江馬が肩を落としている姿が目に浮かぶようだった。

「その線はあきらめろ。新しい材料が出るまでは菅沼は被疑者としては扱えない」

晴虎はきっぱりと言い切った。

いたずらに菅沼の人権を侵害するようなことはあってはならない。

「宇佐美管理官もアリバイの話を聞いて同じように言ってます。だから、菅沼に誰かが張りつくことも許してくれません」

気弱な声で江馬は言った。

江馬が電話を掛けてきたのは、晴虎ならなにか突破口を見つけてくれると思ったからだろう。しかし、どだい無理な話だ。

「それより、ちょっとその菅沼って男について詳しく教えてくれないか」

晴虎の言葉に江馬は混乱した声を出した。

「え？　え？　あきらめろって言ってるんですよね」

「ああ、そうだ。菅沼は成山さん殺しの被疑者として考えるな」

「じゃあなんで菅沼の話を聞きたがるんですか？」

「ちょっとこっちの事案の関係でな」

晴虎は熊男（くまおとこ）についての話をかいつまんで話した。

「――そんなわけだから、いちおう聞きたいだけなんだ」

「それは事件レベルではないですよね」

がっかりしたような声で江馬は答えた。

「そうだとしても、駐在所員としては放置できない事案なんだよ」

「武田さんを丹沢湖駐在所に置くのは、神奈川県警として大きな間違いだよなぁ。これだけの優秀な刑事が、そんなつまらないことに時間を費（つい）やしているなんて。県警としてのヒューマン・リソースの無駄づかいですよ」

江馬は嘆き声を上げた。

「おい、江馬。おまえ考え違いもいいところだぞ」

晴虎はきつい口調で言った。

「そうですかね。武田さんは特殊一係でも強行五係でも難事件をいくつも解決してるじゃないですか」

「こっちへ来てからも事件の解決に尽力（じんりょく）したぞ」

駐在所員となっても晴虎は常に全力投球している。

「たしかに六月の事件でも八月の事件でもめざましい活躍をされましたよね。でも、そちらの管内で今後そんなに凶悪事件が発生するとも思えないですよ。子どもを脅かしたくらいの男を武田さんが追いかけるなんて……」

晴虎は江馬の言葉をさえぎって叫んだ。

「江馬っ」

「はい……」

江馬はかしこまって答えた。

「おまえは警察というものを少しもわかってない」

「そんなぁ。僕だってそれなりにわかってるつもりですよ」

「いいや、わかってないっ」

晴虎は厳しい声で叱りつけた。

「刑事課には刑事課の、地域課には地域課の役割がある。それぞれ国民を守るための重要な役割なんだ。事件に上下がないのと同じく、警察官の仕事に上下はないっ」

「わ、わかりましたよ」

江馬は舌をもつれさせた。

「おまえは『捜一病』だ」

「なんですそれ?」

「捜査一課だけがえらい。捜一だけがエリートだと思い込んでいる病気だ」

「そんなことないですよ」

　不服そうな声で江馬は答えた。

「おまえだって、出世したらどこかの所轄で地域課長になるかもしれないんだぞ。そんな心構えでは部下は従いて来ない。そこんとこをよくよく考えろ」

「だから、わかってますって」

　電話の向こうで江馬が口を尖らせているようすが目に浮かぶようだった。

　我ながらくどくなったと思って晴虎は苦笑した。

　これも歳のせいなのかもしれない。

「まぁ、これくらいにしとこう。その菅沼定一の見た目について教えてくれ」

「はい、なんといってもガタイのいい男です。資料によれば身長はだいたい一八〇センチくらい。筋肉質で、プロレスラーみたいな体格ですね。実際に大学時代はレスリングの選手だったようです」

「菅沼と熊男の体つきはよく似てるな。しかし、そんないかつい男で五〇代のフィットネスインストラクターなんているんだな」

「九〇代の現役女性インストラクターもいるくらいですからね」

「本当かよ！」

「ええ、コマーシャルとかによく出ていますよ。客もさまざまだからインストラクターもいろんなタイプがいるんじゃないんですか。コワモテのムキムキマンがいいって客もいるでしょう。僕なら若くてきれいな女性一択ですけどね」

「彼女候補を探しに行くわけじゃないだろ」

「へへへ。ところで、実際に会ったわけじゃないんで菅沼の外見についてはこれくらいしかわからないんですが……」

「まさか同一人物ではないだろうが、後で写真を送っておいてくれ」

「了解です」

「また役に立てなくて悪かったな」

「武田さんならアリバイ崩せると思ったんですけどね」

「あんまり俺に期待するな」

「これからも期待しますって。では、失礼します」

「ああ、ご苦労さん」

江馬は電話を切った。

第三章　確保

【1】

月曜日の一九時過ぎ、晴虎は県道76号線を北川温泉方面から駐在所へ戻っていた。
今夕も北川温泉周辺の強化パトロールを続けていたが、熊男は現れなかった。
一時間ほど前に日が沈んだ。
更待月はまだ上っておらず、湖上は暗い闇に沈んでいた。
陽のあるうちはやかましかったセミの声も日没後はすっかり消えている。
スクーターのエンジン音だけが、谷あいに響き続ける。
中川橋分岐を通り過ぎ、中川洞門を抜けたところだった。
「う……あれは？」
ヘルメットのなかで晴虎はつぶやいた。
焼津ボート乗り場から少し離れた湖上に、ぽつんとひとつだけ灯りが見える。
ゆらゆらとまたたく小さな灯りはＬＥＤランプのようだ。
湖上に誰かが漕ぎだしているとしか思えない。
晴虎はスクーターを反転させて、焼津集落へと続く道を降りていった。

集落内に設けられた利用客用の駐車場に、晴虎はスクーターを乗り入れて駐めた。

駐車車両が一台だけあった。湘南ナンバーのシルバーメタリックの軽自動車である。

あるいはボートの主のクルマかもしれない。

県内のナンバーだが、町外者かどうかは判別できない。

一九九四年一〇月に相模ナンバーから分離した湘南ナンバーは、平塚市にある湘南自動車検査登録事務所が管轄している。

そのエリアは広い。平塚市、藤沢市、小田原市、茅ヶ崎市、秦野市、伊勢原市、南足柄市、高座郡寒川町、中郡大磯町、二宮町、足柄上郡中井町、大井町、松田町、山北町、開成町、足柄下郡箱根町、真鶴町、湯河原町と、およそ湘南のイメージとはほど遠い。

つまり、ここ山北町も本署のある松田町も湘南ナンバーなのだ。

一方、逗子、葉山、鎌倉は横浜ナンバーなのである。

晴虎はナンバーをメモすると、湖面を覗き込んだ。

集落の民家の灯りであたりは薄ぼんやりと明るいが、湖上は真っ暗である。

さっきとほとんど変わらない位置に灯りが見えている。

岸辺から二〇〇メートルほどだろうか。

目を凝らすと、ゴムボートらしく乗っているのは一人だ。

夜釣りをしているものに違いない。

丹沢湖はブラックバスの釣り場としては有名な場所である。

風のない晩なので、大きな危険はないだろう。

だが、この湖上では夜間の釣りは禁止されている。それどころか、昼夜問わず許可なく自前のボートを出すことも許されてはいない。

駐車場のすぐ先には丹沢湖唯一の焼津ボート乗り場がある。一般の観光客や釣り人、カヌーイストのために作られた民間施設であり、丹沢でボートや、カヌー、SUPを利用する際にはここから湖に入ることになる。

ただし、湖上で遊ぶ際には、駐在所近くの丹沢湖記念館内にある山北町環境整備公社への事前申請が必要となる。むろん、夜間の許可は出ないが、監視員が常駐しているわけではない。

禁令を破ってボートを出している者を、駐在所員としては黙って見ていることはできない。ふつうなら、ここから大声で警告してボートを引き揚げるまで確認すればよい。

本来はその程度の違反行為だとも言える。

だが、今夜の晴虎には少し考えがあった。

ボートの男は熊男であるかもしれない。

そうだとすれば、不意打ちを掛けて職務質問をしたいのだ。

晴虎はボート乗り場へ降りる階段へと歩いて行った。

看板の出ている入口にはスチール製の黒いゲートがあって施錠されている。

ここから乗り場へ入ったとすれば、建造物侵入罪になる怖れがある。

むろん、不審者への接近を目的とする晴虎の場合は正当行為である。

晴虎はゲートを乗り越えて、コンクリートの階段を下りていった。

目の前にはゆるやかなスロープで湖面に続く岸辺が造られている。この岸辺からカヌーやＳＵＰなどが湖に出られるようになっている。

その横にはボートを引き揚げて置くための広いコンクリートの広場が設けられている。

ここからポンツーン（浮桟橋）が湖に突き出している。

本来はレンタルのボートや足こぎボートが何艘も舫ってある場所だが、いまは一艘も見られない。

丹沢湖の水位が下がる八月から一〇月は、神尾田の駐在所南側に場所を移して営業しているのである。

実際に現在はかなり水位が下がっていた。

湖上の灯りは相変わらず同じ位置で揺れている。

晴虎は、階段の一番下の段に腰を下ろして、ボート男の上陸を待った。

ヤブ蚊がうるさかったので、防虫スプレーを身体に掛けた。

男は必ずここから上がってくる。

この場所以外だと、神尾田の夏季ボート乗り場まで行かなければ、容易に上陸できる場所はない。この夜間に一・五キロ以上を漕いでいくとは思えない。仮にモーターやエンジンのついたボートだとしても、途中には大仏の岬が突き出ている。また、夏季ボート乗り場への降り口はここよりもしっかりとしたゲートが設けられている。

そんなに複雑に考えずとも、神尾田から湖に降りたのなら、この場所で釣りをしているはずはない。

また、ボートの主が、駐車場のクルマの持ち主でないとは思えない。

晴虎はしんぼう強く待った。

待つことには慣れている。刑事として生きてきた日々は張り込みは日常だった。

冷たい氷雨の降るなかで、あるいはギラつく太陽の下で何時間も被疑者の部屋を監視したことは珍しくない。それも電柱の陰に立ったままだ。

生命を賭ける危険の少なくないSISに抜擢されたときに、張り込みをしなくてよいことだけが唯一の救いだった。

それに比べれば、晴れた夜に階段に座ってボートの主を待つなどなんでもなかった。夜風が涼しくさわやかな木々の香りを運んで来て鼻歌が出そうなくらいだった。

なんならひと晩中、ここに座って夜釣りが終わるのを待っていてもいい。

晴虎はなかば本気でそう思っていた。

だが、晴虎の思惑とは裏腹に、監視を始めて五〇分を少しまわった頃に事態は動いた。

湖上の灯りが動き始めたのである。

予想通り、灯りはこちらへ向かってくる。

ボートはポンツーンを目指しているのだ。

オールが軋む音もだんだんと近づいてきた。

晴虎はゆっくりと立ち上がった。

足音を立てぬように晴虎は、ポンツーンへと歩み寄っていった。

静かにボートはポンツーンに着いた。

ボートのなかで屈んで、男は棒杭に舫いをとった。

どうやら二メートル弱の一人乗りのボートのようだ。このクラスだと、空気を入れるのも容易だし、重さも二〇キロ台なので持ち運ぶのにも苦労しない。

男が身体を桟橋の板に移した。

薄ぼんやりとした民家の灯りに男の影が浮かび上がった。

(熊男かもしれない……)

身長は一八〇センチくらい。プロレスラーのようながっしりとした大男である。

まさに巨漢といってよい。

男は赤いTシャツの上にオリーブドラブのフィッシングベストを羽織り、カーゴパンツを穿いていた。

男から二メートルほどの距離を空けて晴虎は立ち止まった。

すかさず晴虎はフラッシュライトを男の顔に向けた。

「な、なんだっ」

野太い声が響いた。

ライトの光のなかで、男が驚きの声を上げた。

「警察です。丹沢湖では夜釣りは禁止ですよ」

晴虎はやわらかい声で呼びかけた。

「あ、そうなの？」

男はとぼけ声を出した。

「ちょっと話を聞かせてもらえませんかね？」

静かな声で晴虎は呼びかけた。

「ああ、わかった。だけど、ちょっと荷物を揚げちゃっていいかな？」

のんびりとした声で男は答えた。

晴虎はわずかな違和感を感じた。

触法行為をしている人間に不意打ちを掛けると通常はまず驚く。男も驚いているのでその点では不思議はなかった。

問題は次の行動である。ふつうは脅（おび）える。弁解を始めたり、泣き言を口にしたりする。

この男は落ち着き払っている。

だが、荷物を引き揚げたいという申し出は理にかなっている。今夜の天候では考えにくいが、急に風が強くなってボートがひっくり返ったり、浸水したりすれば目も当てられない。許可すべきである。

「わかりました。あわてないでいいですから、荷物を桟橋に移してください」

晴虎は平らかな声で許可を出した。
「助かりますよ。ひっくり返ったらヤバいからね」
相変わらず男はのんきな声で言って屈み込んだ。
次の瞬間、男の手もとでなにかがキラリと光った。
ナイフだ。
「うおーっ」
男は巨体を前傾させて突進してきた。
桟橋にドカドカと足音が響き渡る。
まったく予想外の攻撃だった。
晴虎はとっさに判断した。
第一撃に反撃する余裕はない。
まずは凶刃を避けるべきだ。
だが、下手な避け方をすれば、どこかを刺される。
また、左右に大きく動けば、湖に転落する。
晴虎はフラッシュライトを放り出して身構えた。
ギラリと光るブレードがぐんぐん迫ってくる。
男の姿勢には隙がない。
「死ねーっ」

歯を剥き出して男は渾身の力で襲いかかってきた。
切っ先は防刃ベストが護っていない下半身を狙っている。
狙いは正確だった。
この男は格闘技の経験を持つに違いない。
それもかなりの腕を持っている。
このままでは晴虎の右腰の下あたりに切っ先が突き刺さる。
一撃では死なないだろうが、大ケガをして身動きがとれなくなる。
第二撃で仕留められてしまうはずだ。
間合いは九〇センチ。
目を剥いた男が吐く荒い息が間近に聞こえる。
切っ先が手の届きそうな位置まで迫った。
晴虎の額に汗が滲んだ。
チャンスは一度きりしかない。
ひとつ間違えば確実に刺される。
晴虎はさっと身を左に避けた。
体側を巨体が通り過ぎた。
力を制御できなくなった男はそのまま、前方につんのめった。
巨体が板に打ち付けられる激しい音が響き渡った。

ポンツーンが上下に揺れて波が立った。

（しめたっ）

内心で晴虎は快哉を叫んだ。

男の巨体が陸地方向に向かってうつ伏せに横たわっている。

晴虎は両脚をやや開いてしっかりと立ち、右腰のホルスターから拳銃を取り出した。

ニューナンブM60の銃口をさっと男の背中に向けた。

「動くなっ。動くと撃つっ」

晴虎は大音声で叫んだ。

「う、撃たないでくれ」

気弱な声で男は答えた。

「指示に従えば撃たない。だが、少しでも怪しい素振りを見せたら、容赦なく撃つ。こちらも生命が懸かっているんだ。躊躇はしない」

晴虎は毅然とした声で言い放った。

「わ、わかった。抵抗しない。指示に従う……」

男はかすれ声で答えた。

「よし、ゆっくりと起き上がって桟橋の上に両膝を突け」

晴虎は静かな声で指示した。

指示通りに男は両膝を突いた。

「ナイフを前に投げろ」
男が投げたナイフが一メートルほど先で桟橋の板にぶつかる音が響いた。
黒いゴムのハンドルを持っている。おそらくはフィッシングナイフだ。
「両手を挙げてそのままの姿勢でいるんだ」
おとなしく男は両手を挙げた。
晴虎は拳銃をホルスターに収め、代わりに手錠を取り出した。
相手の動きを警戒しつつ、晴虎は背後からゆっくりと歩み寄った。
右手に手錠を掛けようとした瞬間だった。
「この野郎っ」
男は振り向きざまに左手で晴虎の頰桁に拳固を喰らわした。
右頰に鈍い痛みが走り、目の前に星が飛んだ。
その勢いで晴虎は一メートルほど後方にすっ飛んだ。
手錠は手から離れなかった。
男は這うようにして前進し、前方に転がっているナイフを取ろうとした。
晴虎は姿勢を立て直し、手錠をスラックスのポケットに突っ込んだ。
男から一・五メートルくらいの位置で、晴虎は両脚を開いてしっかり立った。
ふたたびホルスターから拳銃を取り出して空に向かって構えた。
躊躇なく、引き金を引く。

バシューン！

湖上に銃声が響き渡ってこだました。

ナイフを手にする前に男の身体が固まった。

男はヨガの猫のポーズそっくりに、両の掌と両膝を桟橋に突いている。

「いまのは威嚇だ。次は本当に撃つ。足がいいか？　それとも腕か？」

晴虎はつよい口調で訊いた。

「撃たないでくれ……」

最初と同じような気弱な声に戻って男は答えた。

「そう思うなら、俺に逆らうな。馬鹿な男だ。こちらは拳銃を持っているんだ。それに捕縛のプロだ。俺は警官なんだ。警官を舐めるな」

最後の言葉に晴虎は力を込めた。

「おとなしく言うことを聞く。だから……撃たないでくれ」

泣くような声で男は懇願した。

「おまえの言葉は信用できない」

晴虎は冷たく決めつけた。

「信じてくれ。もう抵抗しない」

男は懸命に訴えた。

「繰り返すが、おまえの言葉はまったく信用できない」

つよい口調で晴虎は言った。

晴虎は右手で拳銃を構えたまま、ポケットから手錠を出して前に放った。

手錠は鈍(にぶ)い音を立てて、男の前に落ちた。

「自分で自分に手錠を掛けろ」

ドスのきいた声で晴虎は言った。

「自分で？」

「そうだ、一〇秒以内に両手に自分で手錠を掛けろ。モタモタしていると撃つ」

晴虎は語気激しく恫喝(どうかつ)した。

「わかった……」

かすれ声で答えると、男はノロノロと手錠を拾い上げた。

最初に左手に、続けて右手に手錠を掛けた。

硬い金属音が小さく響いた。

「よし、こちらを向け」

晴虎は拳銃を構えたままで男に命じた。

男は黙って晴虎のほうに向き直った。

四角い顔に、目も鼻も大きく眉(まゆ)の濃い、印象的な顔立ちの男だった。

銃口を向けられて男はすっかり脅えきっていた。

晴虎は拳銃をホルスターにしまった。

「逃げようなんて考えるなよ」

男の瞳を睨みつけて晴虎は警告した。

「わかっている。いまさら逃げない」

かすれ声で男は答えた。

東の山の端から月が顔を覗かせた。

いびつなかたちの更待月だが、あたりはかなり明るくなった。

晴虎は左胸に装着してある署活系のＰＳＷ無線機のマイクを手に取った。

「丹沢湖ＰＢよりＰＳ。管内焼津ボート乗り場にて公務執行妨害事犯を確保。直ちに応援を依頼します」

晴虎は淡々と報告と応援要請を入れた。

「ＰＳより丹沢湖ＰＢ。武田さん、一人でしょ？　大丈夫ですか？」

聞き覚えのある無線係の同い年くらい男の声が返ってきた。

「大丈夫です。被疑者はナイフで襲ってきましたが、すでに手錠掛けましたから。浮桟橋にいます。移送の必要がありますので対応よろしくお願いします」

「了解！　ＰＳより各局。山北町中川九一二番地焼津ボート乗り場浮桟橋で身柄確保者移送の応援要請あり。付近のＰＣは至急現場に直行されたし。繰り返す……」

無線係はＰＣ、すなわちパトカーを呼んでくれた。近くにいてくれればよいのだが、松田署からだと三〇分近く掛かる。

連絡を終えた晴虎はふたたび男に向き直った。

「おまえの名前は？」

晴虎は平らかに訊いた。

だが、男は黙ってうつむいたままだ。

「名前を聞いているんだっ」

声を荒らげて晴虎は訊いた。

「す、菅沼定一……」

反射的に菅沼は答えた。

（ほう、あの菅沼か）

やはり、菅沼と北川温泉周辺に出没していた熊男は同一人物だったらしい。

「よし、菅沼定一、午後八時五二分。おまえを公務執行妨害の現行犯で逮捕する」

晴虎の声が朗々と響いた。

菅沼は視線を桟橋に落としたまま黙っている。

「さて、聞かせてもらおう。おまえの住所は？」

「伊勢原市伊勢原四丁目×番×号ハイム伊勢原二〇三号」

「職業は？」

「スポーツジムのインストラクター」

「湖にボートを出していたのは釣りか？」

「そうだ……」

「夜間の釣りや、ここへの侵入が禁止されてることは知っているな」

「知っている」

菅沼はぽつりぽつりと答える。

「駐車場に駐めてある湘南ナンバーの軽自動車はおまえのクルマか？」

「そうだ。俺のだ」

「ところで、この北にある北川温泉の周辺に出没して、子どもや地域の人に乱暴な口を利いていたのはおまえだな」

晴虎は決めつけて言った。

もっとも晴虎は、容貌等から菅沼が熊男だと確信していた。

「別にたいしたことじゃないだろう。こっち見るなって言ってただけだ」

ふてくされたように菅沼は答えた。

「馬鹿野郎。子どもを脅すなんて最低だぞ。それに地域の人たちはえらく迷惑している。西丹沢で二度とそんなまねをしてみろ。許さないぞ」

晴虎の語気に、菅沼は黙って肩をすくめた。

「なんのためにこの地区に何度も来てたんだ？」

知りたかったのはこのことだ。

「前に釣りに来たときに落とし物しちゃってな。それを探していただけだよ」

「へぇ、何度も探しに来るほど高価なものなのか」

「いいだろ、なんだって」

菅沼はそっぽを向いた。

「おいっ、警察を舐めるなっ」

晴虎は怒鳴りつけた。

「時計だよ。腕時計だ」

あきらめたように菅沼は答えた。

「ロレックスとかか？」

「まぁ、そんなもんだ」

小さい声で菅沼は言った。

ちょっと聞くと納得できるような気もする。

たとえば一〇〇万円くらいの時計を落としたら、何度も探したくもなるだろう。

しかし、やはりどこかうさんくさい。

菅沼のように金に困っているような男が、そんな高価な時計を釣りにつけてくるとは思えない。

「おまえ、ずいぶん金持ちなんだな」

晴虎は皮肉な口調で言った。

「いや、金なんかあるわけないだろ」

菅沼は首を横に振った。

「そんなおまえが、そんな高い時計をして釣りに来てたのか？　おかしいじゃないか」

「えっ……それは……」

菅沼の目が泳いだ。

「正直に言えよ。おまえは逮捕されたんだ。警官にウソつくと後で損するぞ」

ちょっと考えてから菅沼はあきらめたように口を開いた。

「俺の時計じゃあない」

「やはりな。誰の時計だ？」

「知り合いの時計だよ。ロレックスのサブマリーナーデイトってダイバーズウォッチで一五〇万以上もするんだ。あいつは馬鹿だから、河内川に釣りに来たときにそんなバカ高い時計をつけてきて、どこかに落としたんだよ。釣りしてた川原かその後で入ったニレの湯のあたりだ。あいつは風呂に入る前に気づいたんだが、平気の平左だった。もしかして見つけられないかと思ってな。質屋にたたき売っても一五〇万くらいにはなるからな」

「なるほど、それでこのあたりをうろついてたのか」

晴虎は納得した。

「ま、そういうことだ。そんなの罪にはならないだろ？」

「いや、遺失物等横領罪だな。放置自転車に乗って帰った場合と同じ罪だ」

「そんな罪になるのか」

「安心しろ。未遂は処罰されない」

横領罪には未遂という概念がない。

「そうか。俺はまだ見つけてないからな」

菅沼はつぶやくように言った。

いずれにしても、泰文や雪枝たちの悩みは解決したと言っていい。

菅沼の行為は、公務執行妨害のほかに、殺人未遂で立件される可能性が高い。しばらくはシャバに出られないだろう。

時計を落とした知り合いというのは、成山に違いない。今後の取調の間に、成山についての情報を聞き出す機会もあるはずだ。

「なんでナイフなんて持ち出したんだ？」

晴虎は肝心の質問に移った。

「いや……それは……」

菅沼は言葉を濁した。

「釣り禁止を咎められてナイフで警官を襲う馬鹿はいないだろ？」

晴虎は問い詰めたが、菅沼は答えようとしなかった。

あえてこの場での質問はやめた。刑事課でゆっくり調べてもらえば、なにかしら大きな犯罪行為が見つかるはずだ。

別の切口から晴虎は攻めることにした。

「小説家の成山祐一さんとは、釣り仲間なのか？」

晴虎は静かに訊いたが、菅沼の表情は見ものだった。

菅沼の両目がどんどん見開かれていった。

眉間に大きくしわが寄り、目玉が飛び出そうになった。

まるで幽霊を見たような顔つきだった。

「どうして成山のことを……」

かすれ声で菅沼は訊いた。

「質問しているのはこっちだ。いつも一緒に釣りをしていたのか？」

「いや、二、三度、一緒に行っただけだ」

うめくような声で菅沼は答えた。

「ほう、茅ヶ崎ヘッドランドに行ったのか？」

菅沼は大きく震えだした。

ぼう然と晴虎の顔を見ている。

「茅ヶ崎で釣りをしたのかと訊いているんだぞ」

「そうだ。二度は茅ヶ崎で……一度はこの上流の河内川だ……」

舌をもつれさせるようにして菅沼は答えた。

「今年の二月にも茅ヶ崎に行ったのか？」

ゆっくりと晴虎は訊いた。

「二月だって……」

菅沼はぽかんと口を開けた。

「そうだ。二月の初旬だ」

「俺はそんな寒い時季には釣りはしない。行ってないよ」

首を横に振りながら、菅沼は答えた。

晴虎はじっと菅沼の目を見た。

ウソを吐いているようには見えなかった。

「二月九日におまえはヘッドランドから成山さんを突き落としたんだろう。借金を逃れるためにな」

あえて晴虎は信じていないことを前提に菅沼に詰め寄った。

「おい、ちょっと待ってくれ。俺はたしかに成山から借金してる。だけど、三〇〇万円で人を殺すほど馬鹿じゃない」

菅沼はあわてたような声で否定した。

「そうか、おまえが殺したんじゃないのか」

皮肉っぽい口調で晴虎は言った。

「違うっ。違うぞっ」

菅沼は叫んだ。

「まぁ、本署でしっかり言い訳しろ」

晴虎は見放すような口調で言った。

菅沼を追い詰めて、茅ヶ崎の事件についてなにかが飛び出してくることを晴虎は期待していた。

「警察は俺のことを疑ってるのか？」

菅沼は覗き込むように晴虎を仰いだ。

「あたりまえだろう。おまえには三〇〇万帳消しっていう明確な動機があるんだ。しかもここで時計を見つけたらプラス一五〇万か？　成山さんはいい人だったんだな。恨みを持つ者なんて誰もいないらしいぞ」

晴虎は挑発を続けた。

「ば、馬鹿なことを言うな。たかだかそれくらいの借金で……」

菅沼は目を剝いて答えた。

「そうかな。穴を掘っても三〇〇万は出てくるもんじゃないぞ。もっと些細なことで人を殺す馬鹿野郎は腐るほどいる」

「俺をそんな馬鹿と一緒にすんな。それにあいつは誰かに恨まれていたらしいぞ」

真剣な顔で菅沼は言った。

晴虎は内心でドキリとした。

これが真実ならば、捜査が進展する可能性は高い。

だが、晴虎はあえて突き放した言葉を口にした。

「ほう、初めて聞いたぞ。そんな作り話をしたって無駄だ」

「作り話なんてするもんか。本当だ。成山本人から聞いたんだ」

菅沼は必死な声を出した。

表情を観察するに、やはりウソを吐いているとは思えない。

「成山さんから、いつどこで聞いたんだよ」

「去年の秋くらいだ。あいつから金を借りたくて一緒にこの北の河内川まで釣りに来た。ほとんどボウズだったけど、その後あいつを送っていって茅ヶ崎で酒を飲んだんだ」

「いい加減なことを言うな。成山さんの家のまわりの飲食店の人たちは、編集者以外の人間と飲んでる姿を見たことはないと証言しているんだぞ」

真実を引き出したくて、晴虎は攻勢を掛けた。

「いや、あいつの家の近くじゃない。駅のすぐそばにある《うめや》って居酒屋だ。俺はクルマだったんでその晩は市役所近くのホテルに泊まったんだ。あいつは駅からタクシーで帰ったはずだ。そのときにかなり酔ってあいつが愚痴をこぼしてたのを聞いた。たしか小説を書いてるヤツがなんとかかって言ってた気がする。粘着されてるとか」

晴虎は内心で快哉を叫んでいた。

菅沼はこれだけ芸の細かいウソを吐ける人間とは思われなかった。

「名前はわかるか」

だが、晴虎は冷静な口調を保って訊いた。

「い、いや、俺が知ってるのはそれだけだ。そ、それ以上の詳しいことは知らないよ」

おかしいなと晴虎は感じた。

菅沼の呂律が怪しくなってきている。

「思い出せ。そいつの名前が出てくれれば、おまえの疑いは晴れるんだ」

「知らないもろは、知らないんだ」

菅沼の目がキョロキョロと泳いでいる。

ウソを吐いているためではないように感じられた。

「どうしても思い出せないか？　その名前が出ればお前の身は守られるんだぞ」

畳み掛けるように晴虎は訊いた。

「い、いや聞いてないんだ。いくら自分の身を守るって言われても、知らないもろは知らない」

言葉がくどくなってきている。

あちこちへ視線をキョロキョロしつづけている。

あきらかにようすがおかしい。

菅沼の額に汗が滲み始めた。

「暑いのか？」

「い、いや……」

菅沼は首を横に振った。

気づいてみると菅沼の身体が小刻みに震えている。

遠くからサイレンの音が聞こえてきた。

県道76号を走るエンジン音が近づいて来る。

すぐに赤色回転灯が視界に入ってきた。

階段を下りてくる人影が見える。

闇のなかから二人の制服警官が姿を現した。

「武田さぁん、どこですかぁ？」

若々しい声が響いた。

「おう、ここだ、ここだ」

晴虎は元気よく答えた。

二人が勢いよく駆け寄ってきた。

「お疲れさまです」

「大変でしたね」

制服警官たちの顔がわかった。

「石原くんと大野くんだな。さっそく駆けつけてくれてすまないな」

晴虎は明るい声でねぎらった。

二人とも松田署の若い地域課員で石原は巡査部長、大野は巡査だった。

警ら用無線自動車と呼ばれるパトカーに乗っている二人組だ。松田署には三台配備されている。

「いいえ、遅くなりました。この野郎ですね。ナイフ使った馬鹿は」

「ああ、道具はそこに転がっている」

晴虎は桟橋の一点を指差した。菅沼が放ったフィッシングナイフが転がっていた。

「これか」

大野がハンカチでつまんでナイフを拾い上げ、ベストのポケットにしまった。

「菅沼定一、とりあえずは公務執行妨害で現行犯逮捕した。あとは殺人未遂の容疑だな。刑事課でがっちり絞り上げてもらえ」

「了解です。おい、一緒に来るんだ」

石原と大野は菅沼の左右にぴったりとくっついた。

「そのまま、前に歩くんだ」

石原の声に従って菅沼はうなだれたままノロノロと歩き始めた。

身体は小刻みに震えつづけている。

「石原くん、ちょっと話がある」

晴虎が呼び止めると石原一人が戻ってきた。

「あいつヤク中だ。たぶん」

晴虎は菅沼を指差して小さな声で石原に告げた。

「本当ですか」

石原は目を見開いた。

「ああ、目つきと呂律がおかしいし、汗を掻いている。身体も震え始めた。ヤク中が禁断症状に襲われ始めたときの特徴だ」

「さすがは武田さんですねぇ。僕はぜんぜん気づきませんでした」

「まぁ、散々見てきてるからな。ヤク中は暴力事犯とかやらかすヤツが多い。現に今日だってナイフ振り回したんだ」

「ヤクが切れてたんですか？」

「いや、そんときは切れてなかったと思う。キメてハイになって夜釣りとかやってたんだろう。俺が職質したらいきなり襲いかかってきた」

「怖っ。僕ならあの世行きだったかもしれんです」

石原は身体をぶるっと震わせた。

「本人も持っているかもしれんし、たぶん上の駐車場に駐めてあるクルマのなかにもヤクがある。そこに係留してあるボートのなかも調べたほうがいいな」

「了解です。そうだとすると、応援呼んだほうがいいかもしれませんね。鑑識はこっち向かってますけど」

殺人未遂となれば重罪である。立件するときに必要な証拠収集はおもに鑑識の仕事だ。

「まぁ、現場とヤツのクルマは鑑識に任せて、とりあえずヤツの身柄を本署に運ばなきゃな」

「だけど、ヤク切れだとするとヤバいっすね」

石原は不安な顔を見せた。

「たしかに暴れられても面倒だな」

「武田さん、一緒に松田署まで来て下さいませんか。刑事課が話聞きたいだろうし」

石原は両手を合わせた。

「そりゃ、かまわんけど」

「武田さんが従(つ)いて来て下さりゃ安心ですから」

石原は嬉(うれ)しそうに笑った。

「スクーターは後で駐在所にお届けしますんで。もちろん駐在所までお送りしますよ」

大野が横から言った。

「そうか、スクーターを取りに行く足がないから助かるよ」

「決まりですね」

石原はにこやかに言ってから、不安そうに言葉を継いだ。

「ところで、菅沼対策でいまなにか用意できる物はありますか」

薬物中毒の取り扱いには慣れていないのだろう。

「そうだな、痙攣(けいれん)症状が出たときに、舌噛(か)まないようにするためのタオルとか用意しとくといいだろう」

「了解です。タオルは何枚か積んであります」

「よし、じゃあ鑑識が来たら出発だ」

晴虎は石原の肩をポンと叩いた。

菅沼を囲むようにして、晴虎と二人の地域課員は岸辺を離れた。

階段を上ると、アスファルトから立ち上る熱が残ってはいたが、湖上を渡ってくる風はさわやかだった。

草むらからはコオロギをはじめ、虫の鳴く声が聞こえてくる。

駐車場には石原たちのパトカーと、菅沼の軽自動車が駐まっていた。

「菅沼、おまえのクルマのキーはどこなんだ？」

石原が訊くと、菅沼は目を見開いて絶句した。

「えっ？」

「クルマの鍵をよこせって言ってんだよ」

「いや、そりゃ……」

もじもじと菅沼は巨体を揺すった。

「勝手に探すぞ」

石原は慣れた手つきで菅沼の身体をチェックし始めた。

「よせよっ」

菅沼は激しく身をよじった。

だが、すぐに石原はベストのポケットからキーホルダーを取り出した。

「駐車場にクルマ放置できないだろ」

石原の言葉に菅沼は黙ってうなだれた。

晴虎は石原に耳打ちした。

「やっぱりクルマにもヤク隠してるな」

「そうみたいですね」

石原はかるくあごを引いた。

パトカーの後部座席に菅沼を乗せて、晴虎たちは外で待つことにした。

この時間を利用して、晴虎は江馬に菅沼逮捕の話を伝えると決めた。

番号をタップすると、すぐに江馬が出た。

「あ、武田さん、なにかわかりましたか」

明るい江馬の声が耳もとで響いた。

「おまえ、いま捜査本部にいるのか？」

「いや、今夜は帰宅してます」

成山殺しは捜査が長引いているので、ときどき帰宅するほかはないだろう。

「そうか……実は意外な展開があってな。江馬が喜びそうな話があるんだ」

「なんです？　喜びそうな話って？」

けげんな声で江馬は訊いた。

「実はな、菅沼定一を逮捕した」

「なんですって！」

江馬はほとんど絶叫（ぜっきょう）と呼んでよい声を出した。

「今夜、丹沢湖にボートを出して禁止されていた夜釣りをしていた。職質掛けたらナイフを持って襲いかかってきたのでとりあえず公務執行妨害で逮捕した」

「本当ですかっ」

「いま、本署に移送するためにパトカーに乗せた」

「じゃ、じゃあ……成山さんの件も」

驚きと期待の入り混じった声が響いた。

江馬の声は期待に弾んでいる。

「俺の勘じゃ、あいつは殺（や）ってない。アリバイは動かないだろう」

「そうなんですか……」

肩を落とす江馬の顔が見えるようだった。

「だがな、有力な証言をしている。成山さんは誰かに恨まれていたらしい」

「えっ？　菅沼はそんなこと言ってるんですか」

叫ぶように江馬は言った。

「ああ、小説を書いている人間らしい。俺にはウソだとは思えなかった」

「すぐそっち行きます」

気負（きお）い込んだ江馬の声が聞こえた。

「だけど、それ以上のことはなにも知らないって言ってるぞ」

「締め上げれば、なんか吐くでしょう」

「無駄だと思う。それに菅沼はたぶんヤク中だ」

「マジっすか」

江馬は言葉を失った。

「十中八九な。だが、成山さんについての話は妄想などではないと思う」

「やはり直接、尋問掛けます」

いまにも走り出しそうな声で江馬は言った。

「それから、北川温泉に出没していた熊男は菅沼だったぞ」

「そうだったんですか」

江馬はふたたび驚きの声を上げた。

「だから、小さな事案を馬鹿にしちゃいけないんだ」

くどいと思いつつも、晴虎は持論を繰り返した。

「その話はわかりましたって。とにかくそっち行きます。身柄は松田署ですね」

「ああ、俺もしばらく松田署に行ってる」

「一時間以内に駆けつけます。それじゃあまた後で」

江馬はそそくさと電話を切った。

しばらくすると、松田署刑事課鑑識係のガンメタのバンが姿を現した。

作業服姿で降りてきた二人の若い鑑識係員は顔見知りだった。

「お疲れさまです。武田さん、またまた大手柄ですね」

少し年かさの中背の鑑識係員がにこやかに声を掛けてきた。

久保田という名前の巡査部長だった。もう一人のひょろっとした男は小池という巡査だ。

「丹沢湖で禁止されてる夜釣りを見逃せなかっただけなんだよ」

「またまたご謙遜を。やっぱり特殊の班長だった人は違いますね。うちの高山係長が驚いてますよ」

「高山さんはまだ署にいるのか？」

「いや、さすがにもう帰宅してます」

久保田は笑った。

日勤の刑事課員たちは特別な事件がなければとっくに帰宅している時間だ。

「ところで、現場にはゴムボートと釣り道具なんかが残されている」

「ちょっと桟橋までご足労頂けますか？」

晴虎は久保田たちと一緒に桟橋まで行って、実際の場所を指し示しながら詳しい説明をした。

「ありがとうございました」

久保田は丁寧に頭を下げた。

「マルヒの菅沼定一は、おそらくヤク中だ。荷物のなかにヤクが隠してあるはずだ」

「そうだったんですか」

「なので、しっかり洗ってくれ。ヤクが出てくるはずだ。ヤツのクルマもな」

「了解です。なるほどね。ヤク使ってんのがバレたくないからナイフなんて振り回したんですか」

「そういうことだな」

「だけど、割に合いませんよね。ヤクで捕まったほうが殺人未遂よりずっと罪は軽いのに」

「まぁ、ヤク中には珍しくないさ」

「なるほど……」

「よろしく頼んだぞ。立件にはなにより証拠第一だからな」

「はい、しっかり採取します」

久保田と小池は挙手の礼を送った。

晴虎は答礼してから、駐車場に戻りパトカーの後部座席に乗り込んだ。

隣で菅沼はうつむいて肩で大きく息をしている。

やはり身体が小刻みに震えているのがわかる。

顔から血の気が引き、額からは汗がポタポタと垂れている。

「どうした？　大丈夫か？」

「平気だ……ちょっと、調子が悪いだけだ」

苦しい息のなかから菅沼は答えた。

「とにかく、早く署に行こう」

「了解です」

晴虎の言葉に石原はイグニッションキーをまわした。

パトカーは駐車場を飛び出した。

県道に出てしばらくすると、赤色回転灯をまわしサイレンを鳴らして緊急走行を始めた。

西丹沢の谷あいを快調に街へと下ってゆく。

相変わらず菅沼はうつむいたまま黙って座っている。

汗も掻き続けているが、身体の震えは収まったようだ。

ずっと無言で、奇矯な言葉を口にすることもない。

こういう症状の場合、おそらくは暴れ出すことはないだろう。

覚醒剤か、大麻か、あるいはコカイン等なのか。

菅沼がどんな薬物を使用しているのかはわからない。

しかし、それほど重度の中毒ではなさそうだ。

一番怖いのは幻覚だが、その気配はない。

とは言え、甘い予測は禁物だ。

松田署に着いて留置場に収監するまでは緊張感を保ち続けなければならない。

不安を抱えつつ署に向かったが、菅沼が暴れ出すような兆候は見られなかった。

用意したタオルは使わずともよさそうだった。

【2】

三〇分ほどで、なにごともなくパトカーは松田署に着いた。

パトカー内から無線連絡をしていたために、留置場係の制服警官が一人、エントランスへ続く階段の下まで迎えに出ていた。

ふたたび菅沼を囲むようにして、晴虎たちは階段を上って署内に入った。

横浜の中心部にある所轄署だと、夜間は昼間以上に賑(にぎ)やかなことも少なくない。喧嘩(けんか)や盗犯などが連行されてきたり、窓口に犯罪被害を訴える市民が押しかけていたりする。

署付の新聞記者などがウロウロしていることも多い。

だが、松田署の夜は静かだった。

少し照明が落とされた一階のフロアもがらんとしていて、数人の当直職員がデスクに就(つ)いていた。

尿検査の後、菅沼を留置場に入れて、禁断症状を観察してから尋問を開始する手はずになっている。

晴虎は刑事課強行犯係の当直担当者から話を聞かれた。若い巡査部長は驚きながら調書を取っていた。

刑事課から解放されて一階の自販機コーナーで緑茶のペットボトルを買っていると、私物のスマホが震動した。

ディスプレイには江馬の名前が表示されている。

「武田さん、着きました。駐車場にクルマ入れてあります」

元気のいい江馬の声が響いた。

「わかった。俺も聴取が終わったとこだ。いまそっちに行くから待ってろ」

電話を切った晴虎は外へ出ると、別棟の前にある駐車場へと足を運んだ。

すぐに江馬がライトブルーのハイブリッド車から出てきて手を振った。

「わざわざ遠くまで来たもんだな」

晴虎は苦笑を隠せなかった。

「なんてことないですよ。たかだか五〇キロですし、東名使ってくりゃ一時間ちょいです」

「おまえどこに住んでるんだっけ?」

「旭(あさひ)区の二俣川(ふたまたがわ)です」

「ああ、運転試験場のあるとこか」

松田署からは丹沢湖駐在所まで一六キロ強であることを考えると、意外と近いとも言える。

「ここは大井松田インターに近いですからね」

「だけど、しばらくは監視状態で菅沼の尋問は無理だぞ」

晴虎ははっきりと伝えた。

「わかってます。朝までだって待ちますよ」

「あまり得るものはないと思うがな」

晴虎の正直な気持ちだった。

「いままでの膠着（こうちゃく）状態に突破口が開いたんですよ」

だが、江馬の声は期待に満ちていた。

「おまえ期待しすぎだよ。菅沼はシロだし、成山さんを恨んでたっていう人間についても、さっき電話で話したこと以外はなにも出ないと思うぞ」

「それでもいいんです。ちゃんと菅沼から話を聞かなきゃ、捜査本部を動かせませんから」

江馬は鼻息荒く答えた。

晴虎も納得した。晴虎からの伝聞では捜査本部を本格的に動かすためには心許（こころもと）ないだろう。

「なるほどな。おまえの考えはわかった。だけど、とにかくいまはまだ無理だ」

「わかりました。武田さんからも話聞きたいんですが」

「電話で話した以上のことはないよ」

「それでもいいです。ファミレスかなんかに行きませんか」

「二キロ以上先に一軒ある」

「じゃそこで話しましょう」

「でも、制服じゃなぁ」

晴虎は躊躇せざるを得なかった。

「そうですね、僕は私服ですし、変な誤解を招きかねないですね。最近は市民の目も変にうるさいですし」

江馬は渋い顔でうなずいた。

「そうだ、おまえ現場まで乗せてくれないか？　スクーターを現場に置いてきちゃってね」

夕飯まで食べるとなると、石原たちを待たせることになってしまう。スクーターを回収するのも自分でやればいい話だ。

「お安いご用ですよ。どうせ時間はありますんで」

「一八キロあるんだが」

「片道三〇分くらいで行けますから」

「悪いな……ちょっと待ってくれ。俺を送ってくれることになっている地域課の連中に断ってくる」

晴虎は建物に戻って石原たちに、江馬に送ってもらうので、スクーターの回収も不要である旨を伝えた。

江馬に焼津ボート乗り場まで行ってもらい、晴虎はスクーターで駐在所に戻った。

一昨日と同じように、江馬をリビングの椅子に座らせて晴虎はカップラーメンで空腹を満たした。ペットボトルの緑茶の接待も変わらなかった。

「今夜のできごとを一から教えてもらえますか」

江馬は手帳を開いて身を乗り出した。

晴虎は湖に浮かぶ灯りを見つけたところから、菅沼をパトカーに乗せたところまでを詳しく話して聞かせた。

「成山さんに恨みを持っている人間がいたという菅沼の供述は信じられますかね」

江馬は念を押した。

「ウソを吐いても意味ないだろう。菅沼にはきちんとしたアリバイがあるんだからな。それに俺の勘じゃ、あの男はとっさにそんな細かいウソがつけるタイプじゃない」

「でも、その粘着なヤツについての詳しいことはわからないんですよねぇ」

肩を落として江馬は嘆き声をあげた。

「小説を書いてるヤツだっていうんだから、その線から洗うしかないだろ」

「そうですね」

江馬はペットボトルを口にした。

「さっきパトカーのなかで成山さん殺しについていろいろと考えていたんだ。一昨日、江馬から聞いたときには気づかなかったんだが、現場の地形の話だ」

「ヘッドランドにはお出かけになったって言ってましたよね」

「ああ、行ったことがある。国道１３４号から防砂林の松林を抜けて海が見えると、砂浜の先に見えているのがヘッドランドだった。そこで気になることがあるんだ」

「なんですか？」

身を乗り出して江馬は訊いた。

「あそこの地形は、砂浜に出るとまっすぐ先にヘッドランドが見える。山本さんは偶然に殺害する瞬間を目撃したのだろうか？」

「どういうことですか？」

目を瞬(しばたた)いて江馬は訊いた。

「山本さんが犯行を目撃したのは落水地点から五〇メートル程度だと言ったよな？」

「ええ、そう証言しています。ヘッドランドに向かう石を敷いた小道があって、落水地点から一六五メートルほどで砂浜に消えています」

「その道のことも覚えている。石というか平らな岩で、けっこう歩きづらかった」

沙也香と手をつないで歩いた小道だった。

「ああ、僕は現場に行ってないんで……道の始まる地点から少し歩いた場所で、証言に基(もと)づいて捜査員が計測しているので五〇メートル程度というのは合っていると思います」

「俺が言っているのは、五〇メートルの目撃地点が間違っているということじゃないんだ。犯人は山本さんに気づかなかったのかということだ」

「え？　気づいていたら犯行に及ばなかったでしょう」

きょとんとした顔で江馬は答えた。

「俺はそうは思っていないんだ。犯人は山本さんを認識した上で犯行を行ったのではないかと思っている」

「そんな馬鹿な……」

江馬は目を剝いた。

「なぜなら、ヘッドランドの上に立っていると、一六五メートルの小道はもちろん、それより海から離れた砂浜に立っている人もよく見えるはずなんだよ。まして、山本さんはフラッシュライト点けて近づいてきたんだろう？」

「ええ、本人はそう言っています」

「だとすれば、犯人がよっぽどぼーっとしているか、あまりに興奮していない限り、山本さんが近づくのは見えるはずなんだ」

「それじゃあ成山さんから犯人は見えなかったんでしょうか」

江馬はけげんな声を出した。

「ヘッドランドは島のように斜面を持つ人工岩礁なんだよ。だから、隠れようと思えば隠れられる。つまり落水地点から遠くは見えやすいが、近くは場所によっては死角になるということだ」

「実際に現場を見てみたいですね。とりあえずググって写真見てみますよ」

スマホを取り出して江馬は画面をタップした。

「なかなか全体像の写真がないな……ああ、こういうかたちなのか。なるほどねぇ。武田さんが言っている意味がわかりましたよ」

江馬は納得したような声を出した。

「ちょっと俺にも見せろ……そうそう、こういう地形だ」

晴虎の記憶は間違っていなかった。

「つまり、あれですか。犯人は山本さんが近づいて来るのをわざわざ待ち構えて確認した後に、成山さんにしのび寄って突き落としたって言うんですか？」

不思議そうに江馬は訊いた。

「ああ、そう言ってる」

「いったい何のために？　ふつうは人目を忍んで犯行を行うんじゃないんですか？」

「簡単さ……目撃証人を作るためだよ」

「なぜ、わざわざ……」

「断定的なことは言えない。だが、犯人は犯行時刻を誰かに知らせたかったんだ。後に警察に対して証言してもらうためにね」

「え？　なぜですか」

江馬は首を傾げながら訊いた。

「おそらくはアリバイ作りのためだよ」

「あ、理解できました」

パッと明るい顔に変わって江馬は言葉を継いだ。

「海に突き落とすわけですから、誰かが見ていなきゃ、犯行時刻はわかりませんよね。現に今回も事件の発覚は死体が漂着した一三日ですね」

「そういうことだ。死体が見つからなきゃいいけど、岸辺から突き落とした死体は漂着する可能性が高い。そのときのために犯行時刻をはっきりさせておきたかったんだよ」

「よくわかりました」

「一一〇番通報を受けたら我々はどう動く？」

「通信指令室から付近のパトカーなどに現場に急行して確認するように命令が入るでしょうね」

「そうだ、イタズラの可能性が大きいから、まずは現場を確認するはずだ。警察官……機捜か、自動車警ら隊か、所轄の地域課か、そのあたりのパトカーが数分以内には臨場するだろう。現場に急行して、通報した山本さんに話を聞く。落水地点の確認もするだろう。その後、成山さんの遺留物等を発見して、山本さんの言葉が正しく、落水が事実だと確認したら通信指令室はどうする？」

晴虎の問いに江馬は即答した。

「まずは逃走している犯人を確保するために緊急配備（キンパイ）を掛けるでしょうね」

「じゃあ、最初の通報から緊急配備が発令されるまでにどれくらいかかる？」

畳み掛けるように晴虎は訊いた。

「さぁ、状況次第だと思いますが、どんなに早くても一〇分くらいじゃないでしょうか」

晴虎はうなずいた。

「クルマかバイクを使えば、その間に犯人はかなり遠くまで逃げてしまう。ヘッドランドのまわりはどんな地形だ？」

江馬はスマホをタップして画面を覗き込んだ。

「国道134号線を東へ二キロで藤沢市、西へ四キロで平塚市。まわりは網の目のように細道が張り巡らされた住宅地ですね。その北約二キロで国道1号線か」

江馬は低くうなった。

「国道を他市へ逃げたかもしれないし、国道沿いのファミレスなどに入って緊急配備をやり過ごしたかもしれない。返り血を浴びているわけでもなく、人着を見られているわけでもない。逃走した車輌もわからない。仮に緊急配備掛けてもそう簡単には発見できないさ」

人着とは人相着衣を略した刑事用語である。

「そうか、山本さんに犯行を目撃されても、犯人は逃げられる計算が立っていたんですね」

納得がいったように江馬はうなずいた。

「俺はそう思う」

「なるほどぉ」

江馬は鼻から息を吐いた。

「だから、山本さんが一一〇番通報しなかったのは、犯人にとっては予想外だったんじゃないのかな」

「そうですね。で、そのことからなにかわかるんですか」

江馬は期待を込めて訊いた。

「いや、なにもわからない。ただ、犯人はアリバイ工作をした可能性があるということだけは考えられる」

「それは頭に入れておかないとならないですね」

なんとなく江馬はがっかりしている。

「だから、言ったろ。ヘッドランドの件については俺に期待するな。とにかく、その小説を書いていて成山さんを恨んでいた人間を見つけることだ」

「わかりました。僕は松田署に戻ってまた資料を漁ってみます」

「ああ、なにか引き出せるといいな。送ってもらってすまない」

晴虎は食器棚の引き出しから《シーバスリーガル》の二五年物の未開封のボトルを取り出した。

「これ、持ってけ。送ってもらったお礼だ」

ボトルを差し出すと、江馬は目を見張った。

「え、こんな高いもの……」

「貰いもんだ。俺はウィスキーは飲まないんだ。おまえ、たしか好きだよな」

「ええ、好きです。ありがとうございます」

うやうやしく両手を差し出して江馬は受け取った。

【3】

翌々日は非番なのに、小田急線の本厚木まで江馬に呼び出された。

いわばボランティアなので制服は着ず、白シャツにチャコールグレーのスラックスを穿いてきた。

新松田から本厚木は三〇分なので、それほど大変なことはなかった。

ミロード口という改札口で江馬は待っていた。

背の高い若い女性を連れて来ている。

白いブラウスにライトグレーのパンツを穿いている。部下の刑事に違いない。

ふたりはそろって頭を下げた。

「いや、お休みなのにすみませんね」

江馬は愛想笑いを浮かべて謝った。

予想通り同じような格好だった。というか、刑事の夏服はこんなものだ。

「おまえがどうしてもと言うからだ。俺を引っ張り出しても別にプラスにならないぞ」

だが、江馬から頼まれると嫌とは言えない。

「そう言わないでくださいよ。何度も言いますが、武田さんが頼りなんです」

弱ったような顔で江馬は答えた。

「最近、なんだかずいぶん引っ張り回されてるな。おまえ、他者依存型になってないか?」

晴虎がからかうと、江馬は顔の前で大きく手を振った。

「そんなことはありませんよ。あ、彼女は茅ヶ崎署強行犯の小田切巡査です。今回の相方です」

江馬はちょっと背を伸ばしてかたわらに立つ女性を紹介した。

「小田切真由と言います。お噂はかねがね伺っています」

真由は細面に目鼻立ちのはっきりとした華やかな顔立ちにほほえみを浮かべた。

黒いひっつめ髪があまり似合っていない。むしろもっと華やかなヘアスタイルが似合いそうだ。二十代後半くらいだろうか。

「武田です。どうせ江馬はロクなこと言ってないいんだろう」

冗談めかして武田は言った。

「いえ、江馬主任がいちばん尊敬している方だと伺っています。ご教導よろしくお願いします」

真由はきまじめな顔で答えた。

「武田さん、ちょっとそこに座りませんか」

江馬が指し示した白いベンチに晴虎たちは腰掛けた。

この改札口は駅ビルのミロード四階に直結していて、出たところすぐにベンチが並んでいる。

「どこで待ち合わせているんだ？」

晴虎が訊くと、江馬は天井を指で指して答えた。

「一一時にここの七階のファミレスで会う約束です」

まだ一五分くらいの時間的余裕があった。

「しかし、よく見つけ出したな」

「山口さんっていう三二歳の女性なんですが、生前の成山さんがハガキのやりとりをしていたんですよ」

「メールやSNSなんかのメッセージじゃないとはいまどき珍しいな」

「そのあたりが作家や作家志望者なんですかね。成山さんは新刊をこの女性に送っていましてね。お礼のハガキが残っていたんです。そこに『教室時代にお世話になりました』とあったもので」

「教室ってのは小説教室だな？」

「成山さんはデビュー前には新百合ヶ丘駅前のカルチャーセンターで開かれている小説家の下曽根康隆の小説教室に通っていたんです」

「知ってるぞ。ミステリ作家だな。映像化もされてるよな」

成山の名は知らなかったが、下曽根は有名作家だ。

「ええ、『横顔の虹』とか『特捜刑事　雨宮善三郎』の作者です。大物ですよね」

「で、なんで新百合ヶ丘なんて住宅地でやってるんだ。もっと大きなターミナル駅で教室やりゃあいいのに。新宿とか渋谷とか……」

「下曽根康隆が近くに住んでいるんです。本人も忙しいらしいので、遠くの教室は嫌だったんでしょう」

「ああ、なるほどな」

「人数の増減はあるんですが、三〇人ほどの生徒が通っていたそうです。成山さんはなんと一〇年近く教えを受けていたという話です」

「成山さんって人は文字通り、苦節一〇年だったんだな」

「そういうことみたいですね。で、これから会う山口さんも小説を書いている人で、成山さんとは二年くらい一緒だったという話です」

「そりゃ、期待できるな」

「ええ、さ、七階に行きましょうか」

江馬は先に立ってエスカレーターへと足を向けた。

この階はレディースファッションのフロアだった。

晴虎は回数は少ないが、みなとみらいのショッピングモールで沙也香の服を一緒に選んだ日のことを思いだした。

こうしてちょっと街に出ると、沙也香の記憶が蘇（よみがえ）る。

引っかかっている例のメッセージはもちろんだが、何気ない想（おも）い出が晴虎の胸をうずかせる。

やはり西丹沢を生きる場所としたことは正解だった。

大自然の美しさと地域住民のあたたかさが自分を包んでくれる……。

七階のチェーン系ファミレスに入ってゆくと、中途半端（はんぱ）な時間ということもあって店内は空（す）いていた。おしゃべりに興じている年輩の女性グループがちらほら見えるだけだった。

六人掛けくらいの店奥のテーブル席で一人の若い女性が待っていた。

江馬がどういう待ち合わせ方法を連絡していたのかはわからないが、晴虎たちが入ってゆくと女性はさっと立ち上がった。

全身に緊張感が漂っている。

「あ、どうぞそのままお座りになっていてください」

江馬がにこやかに声を掛けると、女性はかるくうなずいて座った。

「失礼します。お電話しました県警の江馬です」

警察手帳を提示して江馬は女性の正面に座った。

真由がためらうようすだったので、晴虎は二番目に座り警察手帳を見せた。

「同じく武田です」

「こんにちは、小田切と申します」

隣に真由も座って、笑みを浮かべた。

「はじめまして山口紗奈美です」

紗奈美はつるんとした小顔にちまっとした目鼻立ちで、三二歳という年齢よりだいぶ若く見える。きまじめそうな女性だった。暗めのブラウンに染めたショートの髪が、ブラウス姿の清楚な雰囲気に似合っている。

「お時間を頂戴して恐縮です」

江馬は丁重に頭を下げた。

「いえ、今日は休みです。個人病院勤めなので」

澄んだ声で紗奈美は答えた。

「看護師さんですか？」

江馬の問いに紗奈美は首を横に振った。

「いえ、歯科医師です」

「歯医者の先生でしたか」

驚いたように江馬は言った。

晴虎も意外に感じた。

「ええ、海老名の歯科医院に勤めています。水曜は休みなんです」

紗奈美は口もとにかすかな笑みを浮かべた。

女性の真由がいることと、江馬の愛想のよさに紗奈美は緊張を解いたようすだった。

「海老名は都会になりましたねぇ」

晴虎もできるだけやわらかい声で言葉を掛けた。

「そうですね。うちの病院もけっこう患者さんが多いです」

紗奈美は穏やかな声で答えた。

特殊にいた頃は、緊張の日々のせいか凶悪犯と対峙するためなのか、いつも怖い顔をしていたようだ。

丹沢湖駐在所員となってから、地域の人々に笑顔で接する毎日となった。最近はずいぶん表情もやわらかくなったと自分でも思っている。

「なにか頼んでください」

江馬はにこやかに言った。

こうした場合、紗奈美の立場は捜査協力者ということになる。

コーヒーくらいは本来は経費で支給されるべきものである。だが、手続がめんどうなので多くの捜査員は自腹を切る。江馬もそのつもりだろう。

「いえ、ドリンクバーを頼みましたので……」

顔の前で紗奈美は手を振った。

「あとで伝票くださいね。では僕たちもドリンクバーを頼みますか」

江馬の言葉でオーダーして、それぞれが飲み物を取ってきた。

晴虎はホットコーヒーを頼んだ。

「電話でもちょっとお話ししましたが、僕たちは二月に起きた成山祐一さんの事件について調べています」

江馬がゆったりと用件を切り出した。

「ひどいです……成山さんが……」

紗奈美はきゅっと眉を寄せた。

「本当に悲しいことです。お友だちのつらいことについてお伺いしなくてはならないのですが、これも事件解決のためですので……」

江馬の話し方は晴虎にとっては、とても勉強になる。捜査協力者への対応はかくあるべしというスタイルに感ずる。

「わたしは犯人を許せません。ご協力できることがありましたらなんでも言ってください」

毅然とした表情で紗奈美は答えた。

「ありがとうございます。記録をとらせて頂いていいですか？」

「もちろんです」

「恐縮です。小田切、頼む」

「はい」

真由が手帳とペンを取り出した。

「では、まず確認なんですが、あなたと成山さんは新百合ヶ丘駅前のカルチャーセンターで開かれている下曽根康隆さんの小説教室で机を並べていたのですね」

ゆったりとした調子で江馬は尋ねた。

「はい、そうです。わたしはまだ通っています。月に二回日曜日の午後三時から二時間の教室です。成山さんはデビューが決まった二〇一七年の一一月に卒業しました」

「卒業という制度があるのですか？」

「いえ、そういうわけではありませんが、募集要項にも『プロデビューするまで指導する』と書かれていて、ほとんどの生徒は商業作家としてデビューすると同時にやめていきます」

「なるほど、プロデビューを目指す講座なのですね」

江馬は畳みかけるように訊いた。

「はい、下曽根先生は大変に熱心な方で、丁寧にご指導くださいます。三〇名ほどの生徒は皆さんプロデビューを目指しております。ミステリを書いている方が七割くらい、残りは各種の一般エンタメ文芸です。すでに一〇名を超えるプロ作家を輩出（はいしゅつ）しています。なかにはプロになってから大きな賞を受賞した方や映画・テレビ化、コミック化などで大人気となった人もいます。成山さんはミステリの新人賞としては一流の高木彬光賞を受賞してデビューし、受賞作がドラマ化されたため大人気となりました。わたしたち生徒にとっては目指すべき目標であり、憧（あこが）れの存在でもありました」

紗奈美は熱を籠（こ）めて話した。

「新人賞の受賞が教室の目的なのですね」

江馬の言葉に紗奈美はかるくうなずいた。

「いまはネット小説界からプロ作家になって成功する人も多く、デビューのスタイルは多彩になってきました。でも、下曽根先生ご自身が小栗虫太郎賞のご出身ということもあり、出版社などが主催する新人賞を目指すのが、講座の方針です。わたし自身はミステリを書いていますが。何度も挑戦しているのですが、一次選考通過がせいぜいでそれより上には進めないでおります」

紗奈美はわずかに頬を染めた。

「歯医者の先生が小説家を目指されるというのは珍しいのではないですか」

江馬の問いに紗奈美ははっきりと首を横に振った。

「歯科医師出身の小説家は何人もいますよ。歯科医院は日頃はものすごく忙しいですけど、休日はわりあいしっかりとれますので」

ふつうの勤務医とは違って、歯科医師には当直や緊急呼び出しというような事態は少ないかもしれない。

「なるほど、歯医者の先生は勤務時間が安定しているんですかね」

江馬は問いを続けた。

「医師にも小説家は珍しくはないです」

晴虎は納得していたが、江馬はそうでもないらしい。

「自分なんかからすると、すでに社会的に成功している方がなにも新たな苦労をなさる必要もないと思うんですけどね」

この江馬の問いに、紗奈美は表情を硬(かた)くした。

「社会的な成功を求めて小説家を目指しているわけではありません」

紗奈美は江馬をキッと睨んだ。

「は、はぁ……」

「人間には表現したい欲求ってあると思うんです。歯科医師の仕事は天職だとは思っていますが、表現ができる仕事とは言いがたいのです。わたしは小説という手段で自分自身を表現したいのです」

紗奈美は言葉に力を込めた。

「先生は歯科医としてのお仕事にも満足されているんですね。そのほかに自己実現をなさりたいということですね」

江馬は頭を掻いた。

「そうです。わたしたち生徒の多くは現状に不満だから小説を書いているというわけではありません」

紗奈美はきっぱりと言い切った。

「よ、よくわかりました」

江馬は気圧(けお)されて答えた。

「でも、成山さんはちょっと違っていたかもしれない……」

一瞬の沈黙の後、紗奈美はぽつりと言った。

「どういうことですか」

身を乗り出すようにして江馬は訊いた。

晴虎も耳をそばだてた。

「もちろん自己表現欲求はつよかったと思います。でも、あの方はよく言ってたんです。『自分の居場所はここじゃないっていつも思う』って……」

思い出すような表情で紗奈美は答えた。

「居場所がここじゃないって、どんな意味ですかね」

「どういう意味ですかと尋ねても、笑って手を振って答えませんでした。自分の父親にも近い歳の成山さんですから、わたしはそれ以上は聞けませんでした」

成山は会社に自分の居場所がないと言っていたのでないかと晴虎は思った。

特殊にいた頃の晴虎は、職場環境にも人間関係にも不満はなかった。不満どころか最高の職場だったと思っている。ＳＩＳの部下は最高のメンバーだった。

訓練は厳しく、事件となれば生命を賭さなければならなかったが。

それでも、部下の駒井に重傷を負わせてしまったあの日から、自分にはＳＩＳに居場所がなくなったのだ。

「成山さんは通信機器メーカーの総務課勤務でしたよね？」

つい横から聞いてしまった。

「ええ、でも会社への不満は口にしていませんでしたよ。中堅で安定した会社で職場環境にも人間関係にも大きな悩みはないってそう言っていました」

紗奈美は晴虎の質問の趣旨をたちどころに理解したようである。

「どんなお仕事をなさっていたのですか?」

「おもに社員の給料計算や社会保険、税金の手続などをなさっていたようです」

「うちで言えば警務課がやっている仕事の一部だな」

江馬がつぶやいた。

「そのお仕事が合わなかったのかもしれませんね」

晴虎は静かに訊いた。

「ああ、そうかもしれない」

「思い当たりますか?」

「ええ、いつかこんなことを言っていました。『僕はオリジナルを創るのが好きなんだ。絵でも文でも音楽でもなんでもいいから創りたいという欲求がいつも身体の中を駆け巡ってる』って」

「絵や音楽も創れる人だったんですか」

驚いて晴虎は訊いた。

「さぁ、たとえ話なのかもしれません。でも、その後にこんなことも言ってました。『オリジナリティあふれる年末調整ってないよね。独創的な社会保険事務なんて存在しないよね』って。冗談と思って笑って聞いてましたけど……」

「なるほど、わかるような気がします」

晴虎はうなずいた。

成山は間違いなく仕事を辞めたかったのだろう。だが、その理由は晴虎とは少し違うようだ。乱暴に言ってしまえば、誰かの決めたルールに従うことしかできない総務課の仕事は、自分に合わないと思っていたのだろう。

「いずれにしても創作者は誰しも、創生、つまり、ストーリーを新しく生み出すことを、なによりも大切に考えていると思います。創生が執筆の喜びでありエネルギーなのです。その点では成山さんも同じだったと思います」

紗奈美はしんみりとした声で言った。

「成山さんはどんな方でしたか？」

江馬はさりげなく訊いた。

これは重要な質問である。怨恨犯だとすると、成山のどんな行動が恨みを買ったのかを調べる必要がある。それがわかれば、犯人に迫っていけるかもしれない。

「どんな人と言われても……」

紗奈美はとまどいを表情にのぼらせた。

「山口先生の印象でけっこうです。どんな悪口を言っても、ウソを言わない限り大丈夫ですから」

江馬は冗談めかして言った。

死者に対する名誉毀損罪は刑法二三〇条二項で規定されているが、「虚偽の事実を摘示」しない限り成立しない。

「あら……悪口だなんて。そんな」

紗奈美は困ったように江馬の言葉をなぞった。

「どんどん悪口言っちゃってください」

江馬は眉を上げ下げしてふざけた。

紗奈美はついに噴き出した。

「悪口なんてひとつもありません。いい人でしたから」

しんみりとした声で紗奈美は言った。

「いい人だったんですね」

江馬も声を落として追随した。

「はい、わたしもそうですが、教室生も成山さんから嫌なことを言われたりされたりした人はいないとおもいます」

「攻撃的な人ではなかったんですね」

紗奈美は首を大きく横に振った。

「とんでもない。正反対です。穏やかで感情的にも安定した人でした。怒ったり声を荒らげたりするようなところを見たことは一度もありません」

きっぱりと紗奈美は断言した。

どうやら成山は恨みを買いやすいような人物ではなかったようだ。

発言を聞いていればわかるが、紗奈美は冷静で理知的な人物である。その証言は信憑性が高いと言っていいだろう。

「では、成山さんは教室仲間には好かれていたのですね」

「もちろんです。ただ、あまり喋らない方でした。人づきあいもお好きではなかったと思います。講義が終わった後は、下曽根先生が生徒たちを食事に連れて行ってくれるのです。でも、成山さんは家が遠いからと言って、いつも参加しませんでした」

「成山さんは茅ヶ崎に住んでいたのですよね」

「はい、最初は線路の北側で、デビューしてからは海岸近くに引っ越しましたね」

「詳しくご存じなのですね」

「はい、年賀状のやりとりはしていましたし、二冊出た本を二冊とも送ってくれました。また、転居のハガキももらいましたので」

成山は紗奈美を気に入っていたのだろう。

「先生の礼状が成山さんの部屋に残っていたので、お目に掛かろうと思ったのです。我々は成山さんが小説教室に通っていたこともつかめていませんでした」

「カルチャーセンターの会員証は最初にもらいましたが、いつも見せるわけではないので、紛失している人も少なくないかもしれませんね。なにせ何年も通う人ばかりなので」

「成山さんの教室の授業料の振込記録なども残っていませんでした」

江馬がハガキだけを頼りに紗奈美に辿り着いたとすれば、成山の部屋には教室にまつわるものがなにも残っていなかったと言ってよい。

「あの人はとにかく小説を書いてさえいればよかったのかもしれませんね」

詠嘆するような声で紗奈美は言った。

「そのくらいの執念でないと、大きな新人賞はとれないのでしょうかね。さて、教室のようすについて伺います。僕は小説については素人なのでまったくわからないのですが、下曽根先生が講義をするスタイルなのですよね？」

「違います。各自がプロットを出して黙読し合い、一作ごとにみんなでディスカッションします。その後、先生が解説というか講評して下さるんです。わたしたちは同級生たちのプロットのここがいいとか悪いとかがわかるのですごく勉強になるんですね」

「ええと、プロットというのは？」

晴虎も聞いたことのない言葉だった。

「ストーリーの要約、簡単に言うとあらすじのことです」

「なんだ。あらすじですか」

江馬は拍子抜けしたような声を出した。

「下曽根先生は新人賞でもプロの小説でもこのプロット段階でダメなものは何度書き直し

てもダメだというお考えでした。企画がまずい小説には商業的価値がないというお考えです。そこで、提出したプロットは提出者が引っ込めない限り、新人賞に通るレベルまで修正させられます」

「すぐに小説は書かせてもらえないんですね」

「はい、その通りです。長編小説一篇のあらすじをだいたいA4版くらいのプロットにまとめて、先生に提出し、教室の仲間に配ります。これは義務ではないので、毎回出してくる人もいれば、ほとんど聞き役ばかりの人もいます。先生はかなり厳しく講評して修正してくるように指示します。自尊心の強い人は、ほとんど持って来ませんね。結局、三〇人前後の教室でも、プロットは毎回一、二本くらいしか出てきません。誰だって、自分の考えを否定されるのは嫌なのです。でも、プロットを先生やみんなに叩かれてこそ、新人賞に通るような……プロとして通用するような作品が書けるようになるのです。プロットを持っていって恥を掻かないと、損をするのは自分自身です。プロットが一発で通った人はほとんどいないと聞いています。わたしなんかは三回か四回手直ししてようやくＯＫが出ることが多いです。激しい屈辱に耐えて何度も書き直すんです。そのおかげで、ハシボウ原稿が一次予選を通過できるようになります」

紗奈美は一気に喋ってほっと息をついた。

「ハシボウ原稿っていうのはなんですか？」

江馬と同じく晴虎にもわからなかった。

「初期のわたしの原稿のような箸にも棒にも引っかからないレベルの低い原稿のことです」

さらりと紗奈美は答えた。

「あはは、おもしろい言葉ですね」

引きつった笑いを浮かべて、江馬は問いを続けた。

「成山さんはプロットをよく提出していたのですか?」

「はい、毎回のように出していました。でも、なかなかOKをもらえませんでしたね。わたしから見るとどのプロットもよくできていておもしろいのです。でも、先生は『既視感がありすぎだ』と言ってダメ出ししていました」

「既視感ですか、具体的に言うとどういうことなんですか?」

「たとえばかつてテレビで流行っていた二時間サスペンス劇場に似たストーリーであるとか、最近の帯ドラマのような物語はどんなに面白くてもダメなんです」

「え? そうなんですか」

晴虎も江馬と同じ気持ちだった。

「はい、新人賞は出版社がいままでにない才能を発掘するためのものなのです。現在、活躍しているベテラン作家と同じような物語を刊行するのなら、人気が安定していて読者数も多いその作家に頼めばいいわけです。人気が未知数な新人にあえて頼む必要はありません」

「なるほどぉ」

江馬は鼻から息を吐いて感心した。

晴虎も深く納得した。

かたわらの真由も大きくうなずいている。

「よっぽどのずば抜けた傑作なら別でしょうけど……。それから、パンデミックとか児童虐待とか怪しい新興宗教などのダメだと言われているネタも少なくないです」

「どうしてですか？　たくさんの人を苦しめる悪の新興宗教教団と戦う美人刑事とかカッコイイじゃないですか」

江馬の言葉に真由が声を立てて笑ったが、紗奈美は静かに首を横に振った。

「そうしたネタは新人賞には山のように送られてくるそうです。新しさを感じない予備選考委員は束にして落とすそうです」

「新人賞を獲得するのは本当に大変なんですね」

真由は同情したような声で言った。

「はい、わたしもこんなに大変なものとは思っていませんでした。先生からご指導頂いているので、ひとまとめにして落とされるようなネタはもちろん選びません。オリジナルな物語を頭がショートするくらい考えて、ほかにないようなストーリーを考えます。これだと思うネタが出て悦に入ってからプロットを組むわけです。やっとの思いで創り出したプロットを提出して、ワクワク待ってると『これは似たような話が、ひとつの賞で五〇本は来ますね』とバッサリです」

紗奈美は苦笑いを浮かべた。

「厳しいなぁ。それで人数の増減があるんですね」

「あきらめてやめてゆく人は多かったですね。ある生徒さんはやめるときに先生に深くお辞儀をして『先生のおかげで小説を書くということが自分には無理だと思い知らされました。これからの人生を無駄にせずに済みました』とお礼を言っていました。先生はご満足だったようです。それでも新しい生徒は次々に来ます。いまは小説家になりたい人が小説を読みたい人よりも多いんじゃないかっていわれるくらいなんです。だけど、プライドを傷つけられてやめる人も多かったです。だいたい三分の一くらいは三、四ヶ月で入れ替わっていましたね」

「でも、成山さんは一〇年近く通っていたんですね？」

「そうなんです。最古参の生徒でした。忍耐強い人だったんでしょうね。おもしろいのは、成山さんはプロットをダメ出しされるとすぐにあきらめてしまって別ネタを持ってくるんです。でもまた、バッサリ。まぁ、そういうタイプはほかにもいましたが」

「つまり成山さんは何度も修正してダメ出しされ続けることに耐えられなかったわけですね」

「はい。でも彼は続けたから勝利できたのだと思います」

そう言ってから、紗奈美は暗い顔になった。

生徒のなかでも大成功した勝利者の成山はもうこの世にはいないのだ。

「で、プロットでＯＫが出たら小説自体を書くわけですよね。これは独力での執筆なのですか？」

　江馬の質問は、晴虎も訊きたかったことだった。

「いえ、いま言いましたようにハシボウ原稿しか書けませんから、当然、ご指導を受けないとなりません。とても月に二回の教室では間に合いませんので、本原稿はメールのやりとりで先生に添削してもらいます」

「生徒たちの原稿をすべて添削するとは大仕事ですね」

「はい、先生は自分の指導でプロ作家が生まれることがなによりの喜びなのです。ちなみに、本原稿の添削は文字数ごとに別料金となります。こちらの添削料はカルチャーセンターの授業料とは別に下曽根先生の口座に直接振り込みます」

「なるほど小説教室というものがよくわかりました」

「でも、これはうちの教室の、下曽根先生の指導法ですので、ほかの教室では違うかもしれません。プロを目指す小説教室はいくつもありますので」

　紗奈美はあわててつけ加えた。

　小説指導にもいろいろなスタイルがあるのだろう。

　いずれにしても、プロの小説家を目指して、しのぎを削る人が全国にたくさんいることに、晴虎はあらためて驚いた。

「いまのお話でひとつ気になったのですが……プロットを生徒たちで見せ合うということは、新人賞に出す作品のテーマなりストーリーなりは生徒たち全員が知ってしまうということですよね」

晴虎はこころのなかに抱いた疑問を口にした。

「そうです。全員が知ることになります」

さらりと紗奈美は答えた。

「それでは、他人のアイディアを、まねをするというか、盗んでしまう人が出てくるかもしれませんね」

もし成山がほかの誰かのプロットを盗んで高木彬光賞を受賞したとすれば、盗まれた人間は大いに恨むだろう。場合によっては殺してやりたいとさえ思うかもしれない。

晴虎はわずかに鼓動が速くなるのを覚えた。

だが、紗奈美ははっきりと首を横に振った。

「わたしはそうしたケースは知りません。仮にAさんのプロットをBさんが盗んで新人賞を獲ったとしましょう。下曽根先生も含めて生徒たちのみんなが盗用の事実を知っているわけです。その上、みんなに配ったプロットのプリントという証拠さえ残ります。あとから大問題になるでしょう？」

紗奈美は晴虎の目をしっかり見て答えた。

「たしかにそうですね」

晴虎はうなずかざるを得なかった。

「受賞だって取り消されるかもしれません。だから、ほかの生徒のプロットを盗むような人は出てきませんよ」

「わかりました。ところで成山さんは受賞作の『トモ犬マーサ』も教室でプロットを公開したのでしょうか？」

「いいえ、あの作品のプロットは教室には出てきませんでした。あのストーリーは斬新で教室ではもちろん似たようなアイディアを出した人は一人もいません。先生も出版されてから受賞作をお読みになって、独創的だとずいぶんと賞賛していらっしゃいました。もしかすると、成山さんが真剣勝負のつもりで秘蔵していたものかもしれません」

そうだとすると、教室で受賞作のアイディアを盗んだ者はいないわけだ。

「そういったプロットやその原点となるアイディアの話などを、先生のいないところでも話すことはありましたか」

紗奈美はうなずいた。

「あってもおかしくないと思います。たとえば帰りの電車の中なんかで……みんなアイディア出しには悩んでますからね。教室生同士の意見交換は、先生も『大いにやれ』とおっしゃってます」

「生徒同士のディスカッションなどは禁じられていないのですね」

「はい、下曽根先生はそのあたりにはおおらかな方です。生徒同士が話し合うのはお互いの研鑽のために有意義だとおっしゃっています。教室によっては、作品に関する生徒同士のメールなどのやりとりを禁止しているところもあるようですけど」

下曽根はすぐれた指導者のように感ずる。

「参考までに伺いますが、教室内に問題のある人物はいなかったでしょうか」

江馬は紗奈美の目をじっと見て尋ねた。

「いませんでした。少なくとも成山さんを恨んでいるような人には心あたりはありません」

紗奈美は江馬の目を見てはっきりと断言した。

「あの……大変失礼なのですが、これは我々のいわば宿命でして……」

江馬は遠慮がちに切り出した。

「はい、なんでしょうか？」

「その……今年の二月九日の午後九時頃、山口先生はどこで何をしていらっしゃったか、教えて頂けますでしょうか」

これは演技だ。相手によっては江馬はガッツリ強面で迫る。プライドが高そうな紗奈美のキャラや犯人である可能性が低いことを考慮して、あえて気弱に切り出したのだ。

晴虎にはこんなまねはできない。

江馬はやはりすぐれた刑事なのだ。

「まさかと思いますけど、わたしをお疑いなんですか？」

案の定、紗奈美の声が尖った。

「いえね、細かいことまで確かめないと、上司がうるさいもんで」

江馬はもそもそと答えた。

おや、これは……。

とつぜん、紗奈美は声を立てて笑いだした。

「あはは、実はコロンボ警部さんだったんですね」

紗奈美の顔が急にやわらかくなった。

「さすが、わかりました？　古いドラマなのに」

江馬はパチンと指を鳴らした。

「大傑作ドラマですからね。わたしもＤＶＤ買って何度も見てますよ」

ミステリ小説を書いているだけあって、紗奈美は勉強熱心だ。

七〇年代にＮＨＫで放映され、日本中が熱狂したアメリカの刑事ドラマだ。

さすがに晴虎も『刑事コロンボ』シリーズの何話かはＢＳで見たことがあった。一〇年くらい前だろうか。

だが、若い真由はきょとんとしている。

「恐縮なんですが、どうかひとつ教えてください。あなたを疑っているわけじゃないですよ。細かいことが引っかかっちゃうと、あたしゃ夜も眠れない性質なんで。ベッドでうなっているとうるさいってカミさんに叱られるんですよ」

江馬はすっかりコロンボになりきっている。

カミさんどころか、彼女もいないわけだが。

「ではお答えしますわ。警部さん、わたくし、その日は都内の《アーバンヒルズ東京》という赤坂のホテルで開かれた友人の結婚式に出席してましたのよ。夜の九時ですね。その頃は近くの《メゾン・ド・アカサカ》というレストランで、二次会の真っ最中でしたわ。どうか、しっかりお調べになって。奥さまがぐっすりお寝みになれるように」

紗奈美は人が変わったように吹き替え口調で話した。

晴虎は驚いた。人は見かけによらないものだ。

紗奈美にこんな芝居っ気があるとは思わなかった。

「すごい！　まんまコロンボの犯人役ですね！」

この江馬の賛辞は本音のようだった。

「ああいう豪邸には住んでませんけどね」

「僕もチリコンカンは好きじゃありませんし、『犬』という名のバセット・ハウンド犬も飼ってませんけど」

江馬と紗奈美は笑い転げた。

場の雰囲気がなごんだところで、江馬が晴虎のほうに視線をよこした。

ほかに訊きたいことはないかという意味だ。

晴虎はかすかに目顔で、追加質問がないことを伝えた。

「ありがとうございました。おかげさまで小説教室のことがよくわかりました。僕には小説家を目指すのはちょっと無理みたいです」

　江馬は愛想よく言った。

「あら、現役の刑事さんが書いた小説はかなり有力ですよ。だって、誰よりも真実をご存じなわけですから。自分の専門領域を活かしてデビューした作家は少なくありません。『刑事コロンボ』みたいな傑作に挑まれたらいかがですか？」

　江馬はわざとらしくのけぞった。

「あはは、プロットが通るのに五〇年は掛かっちゃいそうですから」

「ご興味がおありでしたら、いつでも見学できます。教室にお運び下されば大歓迎しますよ」

　紗奈美は笑いながら言った。本気で言っているのではないだろう。

「その節はよろしくお願いします」

　江馬に倣って晴虎と真由も頭を下げた。

　紗奈美がそのまま食事をしてゆくというので、晴虎たちはファミレスを後にした。

　もちろん江馬は紗奈美のドリンク代は支払っていった。

（教室でのトラブルか……そうか……）

　エスカレーターを四階まで降りてゆく途中で晴虎はふっと気づいた。

　三人はとりあえずベンチに腰を下ろした。

「小説教室周辺を徹底的に洗うしかないだろうな」

晴虎はきっぱりと言った。

江馬は大きくうなずいた。

「そうですね。菅沼定一が成山さんは小説を書いている人間に恨まれているとこぼしていたと言っているわけですからね。想像以上に厳しい世界みたいですし。しかもプロットにOKもらえないと話が始まらないということも驚きでした」

「山口さんの話を聞いていて、俺はプロットの盗用がいちばん動機に近いのではないかと考えた」

「だけど、『トモ犬マーサ』のプロットは教室には出ていないわけですよね。だから、誰も盗めませんよね」

江馬は首を傾げた。

「逆だよ。成山さんがそのアイディアを教室の誰かから盗んだんだ。だから、教室にもプロットは出せるわけがない」

晴虎の言葉に、江馬も真由もハッとした顔になった。

「でも、山口さんは教室で『トモ犬マーサ』に似たようなアイディアを出して来た人は一人もいないと言っていましたよ」

江馬は首を傾げながら訊いた。

「おそらく盗まれた人間も教室には出していなかったのだろう。あるいはプロットに到っていない、ただのアイディアの段階だったのかもしれない。いずれにしても自分のアイディアを盗んだ成山さんが新人賞を受賞して大成功していることをその人間は許せなかったんだ。その恨みが凝り固まってああいう結果になった」

晴虎は言葉にしているうちに、この推理は間違いないと思えてきた。

「なるほど、その線はあり得ますね」

江馬の目がイキイキと輝いた。

「だから、教室に通っていた生徒をしっかりと調べろ」

つよい口調で晴虎は言った。

「でも、成山さんは一〇年も通っていたわけですよね。相当な人数になりそうですね」

「いや、新人賞に投稿した時期の前、二、三年を調べれば大丈夫だろう」

「あ、そうか。それ以降に入った人間は関係ないんですもんね。名簿はカルチャーセンターに言えば提供してくれるでしょう。捜索差押許可状を取っとくか」

「念のため、令状とっとけ。名簿に掲載されている人間、一人一人を洗うんだ。山口さんは必要ないかもしれないが」

「いちおう裏はとります。でも、犯人なのにあんな名演技ができるようなら、あの先生、女優になったほうがいいと思いますけどね」

おもしろそうに江馬は答えた。

「それから、下曽根康隆にも会ったほうがいいかもしれないな」

「下曽根の連絡先も調べてアポとってみましょう」

「たいした手がかりはつかめないかもしれないが、生徒のことを知っているだろうから、なにかが飛び出してくるかもしれない」

「期待したいところですね」

「じゃあ、俺の用はすんだな？」

「飯おごりますよ」

「そうか、このビルじゃないところがいいな」

「ええ、どこか適当な店を調べます」

江馬はさっそくスマホを取り出した。

「わたしも小説書いてみようかなぁ」

真由がいきなり言い出した。

「興味が湧いたのか？」

驚いて晴虎は訊いた。

「ええ、なんか、困難に挑戦している山口先生の姿見てたらうらやましくなっちゃって」

「刑事もの書くのはやめといたほうがいい。もしバレたらいろいろと面倒だ」

だが、真由は笑って答えた。

「そんなの書きませんよ。ＢＬとか……」

「なんだ？　ＢＬって？」

「ボーイズラブのことですよ」

「わからん。いったいなにものだ。それは？」

同性愛ということだろうか。

「あ、冗談ですから、気にしないで下さい」

照れたように真由は笑った。

「見つかりましたよ。武田さん、ピザやパスタ大丈夫ですか？」

江馬が料理の写真が映っているスマホの画面を見せながら訊いた。

「ああ、嫌いじゃない」

「じゃあ、行きましょう。とりあえずエレベーターで下へ降ります」

三人はエレベーターで一階に降り、東口のバスターミナルに出た。
五、六分歩いたところのイタリアンレストランに、江馬は晴虎たちを連れて行った。
チチニエリというシラスが一杯に載ったピザをパクつきながら、たまには仲間とこうしてランチするのも悪くないなと晴虎は思っていた。

「俺は飲むぞ。恨むなよ」

「もちろんですよ。酒代も気にしないで下さい」

江馬は景気のいいことを言っているが、出させるつもりはなかった。

「いや、事件が解決したら、酒をおごってもらうことにするよ」

せっかくだからと、晴虎はグラスワインを注文することにした。

江馬たちは勤務中である。さすがに酒はまずい。

グラスに注がれたワインを、晴虎はゆっくりと味わった。

ふだんはビールくらいしか飲まないが、こうして昼ワインを飲むのも、休日の醍醐味だ。

江馬と真由はうらやましそうな顔で、取り分けたパスタを食べている。

「ところで、菅沼定一はやっぱり成山さん殺しとは関係なかったんだろう?」

ワイングラスを片手に晴虎は訊いた。

「ええ、結局、あの男はただのヤク中でした。アリバイも崩しようがありませんでしたよ」

江馬は渋い顔で答えた。

「だから、最初からそう言ってるじゃないか」

「でも、成山さんの数少ない知り合いですからね。調べたくはなりますよ」

「俺のいうことを信じたらひと手間省けたのにな」

「それを言わないでくださいよ」

「話は変わるが、小説家になるのは大変みたいだな」

晴虎の言葉にふたりはいっせいにうなずいた。

「この前、なんかの記事で読んだんですけど、ある大手Ｗｅｂ小説サイトだけでも二〇万人の投稿者がいるそうです」

真由がしたり顔で答えた。

「二〇万人かぁ。それこそ茅ヶ崎市の人口くらいじゃないか」

「それ、ひとつのサイトの投稿者の数ですからね」

「なんでみんなそんなに物書きになりたいんだろうなぁ。俺なんて短い業務日報書くだけでもウンザリだけどなぁ」

晴虎にとっては不思議でならない話だった。

「山口先生がおっしゃっていた通り自己を表現したいってことじゃないですか」

真由の言葉には力がこもっていた。

「小田切も自己を表現したいんだったな」

「まぁ、刑事の仕事でいっぱいいっぱいですけどね」

照れたように真由は笑った。

「しのぎを削る小説家志望者か……」

「そんななかで成山さんは立派にプロデビューを勝ちとったんですからスゴいですよね」

「たしかにな……しかもさっきの山口さんの話では、居場所のなかった成山さんが、自分の居場所を見つけて新たな人生を出発したはずだったんだからな。殺されるときに悔しかったろうな」

晴虎はいまさらながらに成山が気の毒になってきた。

暗い海のなかでもがき苦しみ、死にたくないと悔しがった成山の姿を思い浮かべると、ワインの味が苦く感じられた。

そんな暗澹たる気持ちをごまかそうと、晴虎は二杯目を注文した。

ふたりがまたうらやましそうな顔を見せた。

第四章　創生

【1】

台風が刻一刻と近づいていた。

駐在所の執務室に掛けてある気圧計の針もぐんと下がっていた。

小降りの雨のなか、晴虎はいつものパトロールに出かけた。

焼津のボート乗り場も北川温泉も、そのほかの集落もいまのところとくに異状はなかった。

風が強くなってきている。県道脇の木々が湿った風にざわざわと鳴っている。

今日のパトロールにはジムニーパトを使っていた。暴風となったときに、さすがにスクーターでは危険だと考えたからだ。

午前中の最後に、晴虎は西丹沢登山センターに立ち寄った。

入口の前に小さなホワイトボードが置いてあって「台風接近しています。入山は危険です」との警告が書かれていた。

建物に入って事務所を覗くと、秋山と美輝のほかにアイボリーのシャツの男がいる。

三人はソファに座って談笑していた。

「こんにちは」

ドアの外から晴虎は明るい声を掛けた。

「ああ、武田さん。ご苦労さまです」

「お疲れさまでーす」

秋山と美輝も負けずに明るい声であいさつしてきた。

「あ、先日はどうも」

残りの一人は松田営繕サービスの三枝だった。

「三枝さん、この前はありがとうございました」

晴虎としては参考になる遭難体験を聞かせてもらった礼を述べたのだが、三枝には通じなかったらしい。不得要領の顔でうなずいた。

「武田さん、ちょうどコーヒー淹れたとこなんですよ。飲んでいってください」

秋山は片手にコーヒーポットを手にしてにこやかに笑った。

「今日は主任が淹れてくれたんですよ。座って下さいね」

美輝が立ち上がってカップを取ってきた。

「いや、じゃあ頂きます」

晴虎はソファの三人掛けのほうに座った。

さっと秋山がカップにコーヒーを満たすと香ばしい匂いが事務所に漂った。

ひと口飲むと、コクと旨味をよく引き出せている。

「たしかに秋山さんはコーヒー淹れるの上手ですね」

「はは、ありがとうございます」

秋山は照れたように笑った。

「ところで、今日は入山者はいるんですか」

一番気になっていたことだった。

「幸いにもいません。二パーティーが来たんですけど、危険ですと説得して帰ってもらいました。なかなか苦労しましたよ」

秋山は苦笑いを浮かべた。

「高齢者の方は、なぜかすごく自信があるんですよね」

美輝は小さく首を振った。

「経験が豊富だと思っているんでしょうかね」

晴虎にはちょっと意外な気がした。

「うーん、直接に山の経験というんじゃなくて、長く生きてきたって自信があるんでしょうね」

秋山はあいまいな表情で言った。

そう考えれば納得がいく。人間が自信を持つために客観的な根拠があるとは限らない。経験が浅く登山に習熟していなくとも、過剰な自信を持つ人はいるだろう。

「なるほど。でも、入山者がいないのなら、とりあえずは安心ですね」

「ええ、いまのところは。でも、今回の台風は大きそうですから、明日にはまた登山道をチェックしなきゃならないですね。台風が通り過ぎたら、がけ崩れや倒木もありそうですしね。ほら、だんだん風が強くなってきましたよ」

秋山の言うように屋外の風の音は激しくなってきていた。

「台風や積雪のたびに本当に大変ですね」

「まぁ、それが僕の仕事ですからね」

晴虎のねぎらいの言葉に、秋山は気負わずに答えた。

「わたしはいつも留守番(るすばん)で申し訳ないみたいです」

「でも、内藤くんがいてくれるから、僕は安心して山を見て回れるんだよ」

「そう言ってくださるとほっとします」

美輝はにこっと笑った。

「ところで、三枝さんは修理ですか」

質問すると、三枝は晴虎のほうに向き直った。

「ええ、屋根の補強なんですよ。この前、気づいていたんですが、剝(は)がれそうなスレートがありましてね。台風が来たら飛ばされるんじゃないかって思いまして」

三枝は穏やかな口調で答えた。

晴虎の私物携帯が鳴動した。

ディスプレイを見ると、江馬からだった。

なにか新しい情報が入ったに違いない。

「すみません、ちょっと仕事の電話ですんで」

晴虎はソファから立ち上がり、急いで建物の外へ出た。

「武田さん、とりあえず令状とってカルチャーセンターの下曽根康隆講座に通っていた全員の名簿を入手しました」

「お疲れ。一人一人当たっているのか」

「いまのところ、捜査本部にいる茅ヶ崎署の捜査員が成山さんの自宅周辺に住む生徒を洗ってます」

「茅ヶ崎の居住者はいるのか？」

「茅ヶ崎にはいませんね。成山さんだけです。藤沢が二人、大和が一人、平塚が一人です。で、僕と小田切は教室のある新百合ヶ丘周辺を洗ってるんですが、これが多くて。川崎市麻生区と隣の多摩区、東京都の町田市だけで一二名もいます」

「そうか、住民の人口も多いからな」

「なので、明日からはこっちに捜査員を数人まわしてもらう予定です」

「下曽根には会えたか」

「今日の午後、会える手はずになっています」

「手がかりがもらえるといいな」

「ところで、一人、武田さんにお願いしたいんですよ」

「え？　なんだって？」

晴虎は自分の耳を疑った。

「県西地区に住んでいる生徒は少ないいんですが、松田町に一人いるんですよ」

「ほんとうか？」

たしかに新松田と新百合ヶ丘は小田急小田原線で一本だし、両方とも急行停車駅なので、急行に乗れば一時間は掛からないだろう。

成山の住んでいた茅ヶ崎から新百合ヶ丘までと同じくらいの時間で行けるかもしれない。

「ええ、松田町松田惣領という変わった地名のとこに住んでいて、氏名は三枝貞人というサラリーマンです」

「なんだって！」

思わず大きな声が出た。

「どうかしましたか？　今年の一月にはやめてるんですけど、住所は松田町松田惣領……」

「ちょっと待て」

晴虎は江馬の言葉を押し留めた。

「どうしたんですか？」

「いま、その男と一緒にいる」

「ええ？　どういう意味ですか？」

江馬は混乱しているようだった。

「詳しいことは後でまた電話する」

晴虎は電話を切ってスマホをポケットにしまった。

三枝が小説を書いていたとは、意外といえば意外だ。しかし、歯科医師の山口も意外だった。

小説家を目指している人間を見ても、これといった特徴はないのかもしれない。

仮に動機があるとしても、三枝には確固たるアリバイが存在する。

三枝は二月九日には丹沢山中で遭難していたのだ。

晴虎はいつも携帯している丹沢の登山マップを取り出して、何度も何度も眺めた。

(もしかすると……)

ゆっくりと晴虎は建物へと入っていった。

事務室に戻った晴虎は、さっきと同じ三枝の隣の席に腰掛けた。

「武田さん、忙しいんですか?」

「いや、まぁちょっと……本署のほうに行かなきゃならないんですけど、午後でいいみたいなんで」

晴虎はでまかせを口にした。

電話を受けていきなり尋問に入るのも相手を緊張させる。

相手を緊張させると、聞ける話も聞けなくなってしまうことも多い。

不意打ちは有効だが、最初から緊張させるのは得策ではない。

いったん油断させて、相手が驚く事実をいきなり提示するのが不意打ちだ。

それに、いまのところ、三枝が下曽根教室の一員だったという事実の情報しかない。三枝が犯人である可能性があるというだけの話だ。慎重に尋問に入ってゆくべきだ。

「この前、北川館の女将さんに持っていったワインは珍しいんですか」

晴虎はさりげなく秋山に尋ねた。

「あのときはお使い立てしちゃってすみませんでした。あのワインはこの前の休みの日に山梨に行ったときに買ってきたんですよ」

丹沢湖駐在所は管区の一部に山梨県境を含んでいる。この西丹沢登山センターから登山道を上って稜線を越えれば山梨県に入る場所もある。むろん、山越えしなければ山梨県には辿(たど)り着けないが、クルマでもたとえば山中湖(やまなか)だったら四〇キロくらいの距離だ。

「高級ワインなんですか?」

「いや、とくに高価なものではないんですが、珍しいんです」

「へぇ、どんなところが珍しいんですか?」

「塩山(えんざん)の地元のぶどう農家だけで運営している組合のワイナリーが醸造しているんです。その組合の農家で生産している甲州(こうしゅう)種のぶどうだけを使っているんですよ。山梨県で一番小さいワイナリーで現地に行かないと買えないところに値打ちがありますかね」

ちょっと得意げに秋山が答えた。

「わぁ、美味しそう。わたしワイン大好きなんですよ」

　美輝が無邪気な声を出した。

「味はどうなんです？」

　晴虎が訊くと、秋山はにこっと笑った。

「スッキリとして癖がなく、僕は美味しいと思いました。雪枝さんも喜んでくれたみたいです。僕も雪枝さんもスッキリとした白が好きなんですよ」

「ワインの好みも人それぞれですからねぇ。わたしはどっしりとした赤ワインが好きだな。三枝さんはどうですか？」

「そうですね、僕も武田さんと同じ好みかな」

　三枝はにこやかに答えた。

「わたしもやっぱりいちばん好きなのはフルボディの赤ですかね」

　美輝が舌なめずりせんばかりの表情で答えた。

「意外だな、内藤さんって酒飲みなんだ」

「いやだ、武田さん、そんなことないですよ。ただ、お酒は好き」

　いたずらっぽく笑ったが、相当な飲んべえとみた。

「酒の味もそうだけど、ドラマとか小説なんかも好みがいろいろですよね。わたしは丹沢湖に来てまだ半年経たないけど、夜にはわりあい時間ができたので文庫本を読むんですよ。ほとんどミステリ小説ですね。秋山さんは小説とか読みますか？」

晴虎は話題を小説に振った。

「僕は恋愛小説と家族の物語なんかが好きかな」

意外な答えが返ってきた。

「三枝さんはどうですか」

晴虎は三枝の顔を見ながら尋ねた。

「そうですね、ミステリが多いですね」

顔色は変わっていない。

「ミステリって騙されるのが快感のところがありますよね。でも、ああいう小説を書くのは難しいんじゃないんですか？」

なにげなく晴虎は訊いた。

「そうでしょうね……」

三枝はとまどいの表情を浮かべた。

「やっぱり三枝さんも苦労されてますか？」

「はい？」

三枝の声が裏返った。

「いや、ミステリを書くときにどんでん返しとか、そういうの考えるの大変じゃないですか」

「僕はミステリなど書きませんけど」

硬い表情で三枝は答えた。

「では、ファンタジーですか？」

畳み掛けるように晴虎は訊いた。

「おっしゃっている意味がわかりませんが……」

三枝の声がかすれた。

「新百合ヶ丘は遠いですよね。一時間くらいかな。月二回通ってたんですよね」

晴虎はゆっくりと尋ねた。

わずかの間、三枝は口をつぐんだ。

屋外の風の音がやかましくなってきた。

「ははは、嫌だなぁ。武田さん、なんでそんなこと知ってるんですか。職場にも隠してたのに」

開き直ったように三枝は答えた。

「え？　三枝さん、小説書いてるんですか」

美輝が身を乗り出した。

「ええ、まぁちょっと……」

困ったように三枝は答えた。

「素敵！」

両の掌(てのひら)を組んで美輝は言った。

「そうですか」

「ええ、だって小説家目指してるんでしょ？　カッコイイですよ」

美輝は憧れの目で三枝を見た。

「はぁ……」

三枝は気弱に目を伏せた。

「わたしも創作ってやってみたいと思うことがあるんですよ。Ｗｅｂで発表したいなって。でも、書き方もよくわからなくて」

まさか美輝が小説を書くことに興味があるとは知らなかった。

紗奈美が言っていたように、小説を書きたい人間はやはり多いのだ。

「三枝さんは新人賞を目指して、小説教室に通っていたんだよ」

「そうなんですかぁ。新人賞をとるのって大変なんですよね」

美輝は憧れの籠もった目で三枝を見た。

「はい、そう簡単にはとれないですね。たいていの新人賞は応募した人のなかで一人しかとれません。一流の新人賞になると五〇〇人の応募なんてざらです。となると〇・二パーセントくらいの確率になります。さらに確率が低い賞もあります」

三枝は淡々と話した。

「うわっ、キツいですね」

美輝が小さく叫んだ。

「でも、お友だちの成山祐一さんは、そんな新人賞のなかでもハイレベルの高木彬光賞をおとりになって、人気作家になったんですよね？」

晴虎の問いに三枝は全身を一瞬硬直させた。

いままでの三枝の反応を見ていると、かなり不自然だ。とは言え、それだけで三枝を殺人犯と決めつけるわけにはいかない。

単にふたりの間に気まずい感情やなんらかのトラブルがあっただけかもしれないのだ。

「そ、そうですね……」

「成山さんと机を並べていたのはどれくらいの期間なんですか？」

「えと……一年半、いや、二年くらいですかね……」

かすれ声で三枝は答えた。

「なるほど……でも、すごいですよね。デビュー作の『トモ犬マーサ』がいきなり帯ドラマ化ですからね。原作も一〇万部くらい売れてるそうじゃないですか」

晴虎の言葉に、三枝は黙ってあごを引いただけだった。

秋山は不思議そうな顔で晴虎と三枝の顔を見ている。

「え？　お友だちの作家さんの小説、帯ドラマになってるんですか」

美輝はそんな秋山には気づかず、驚きの声を上げた。

「あ、原作者の成山祐一さんを知らないのか。サクラテレビの『警察犬捜査官　朝比奈かおり』だよ」

「うっそぉ、あの浦野マリコがカッコイイ女性警官やってるドラマですか。見てますよ。脇固めてる俳優さんもすごく素敵ですよね」

「そうさ、あのドラマさ」

実は晴虎は出演者などはよく知らなかった。

「すっごぉい！」

わけもわからず美輝ははしゃいでいる。

「でも、残念ですね。まさかこんなに早く亡くなるとは」

晴虎は静かな声で言った。

「ええ……残念です」

三枝は言葉少なに答えた。

「せっかく二作目も刊行できて、人気作家としての道を歩み始めたばかりなのに、成山さんも死んでも死にきれなかったでしょうね」

「そ、そうですね……」

「まして、息抜きの釣りに行ってて、不慮の死を遂げたんですからね」

この言葉に三枝は床に視線を落として黙りこくった。

血の気を失っている。顔色は真っ白である。

秋山と美輝が顔を見合わせた。

美輝もはしゃいでいる場合でないと気づいたようである。

そろそろ本題に移ってもよかろう。

少なくとも三枝と成山の間になんらかの関係があったことはたしかだ。

「実は、茅ヶ崎署に捜査本部が立っていましてね。そこにいるむかしの部下から頼まれたんですよ。成山さんが通っていた新百合ヶ丘の下曽根康隆先生の教室にいた方からお話を聞いてほしいってね。三枝さんが通っていらしたとはねぇ」

晴虎は声の調子を変えずに続けた。

「なので、少しお話を聞かせてほしいんですよ」

「どんなことですか」

蚊の鳴くような声で三枝は訊いた。

「成山さんは個人的なつきあいの少ない人だったようですが、あなたは教室以外でもつきあいがあったんですか。いや、こんなことは調べればわかるんですけどね」

「教室の後に、たまに飲むことがありました」

弱々しく三枝は答えた。

「やはり、そうですか。どのあたりの店が多かったですか?」

「新百合ヶ丘だと教室の連中と出くわすから、町田が多かったです。僕は小田原方向だし、成山さんは藤沢方向なので。相模大野だと各駅でも座れないことが多いから……」

「なるほど、町田で飲んでたんですね。ご自分たちが書いている作品の話なども出たんでしょうね」

あえてのんびりと、晴虎は尋ねた。

「い、いや……」

「じゃ、どんな話をしてたんですか」

「お互いの仕事の愚痴とか……」

言い訳めいた口調で三枝は答えた。

晴虎は別の方向から攻めることにした。

「ところで、歯科医の山口先生をご存じですよね」

びくっと三枝は身体(からだ)を震わせた。

「ええ……教室で一緒でしたから」

三枝は素直に答えた。

晴虎がある程度しっかり調べていて、ウソを吐(つ)いても無駄だとあきらめたのかもしれない。

「下曽根先生の教室ではプロットをなにより大事にしているそうですね。企画がダメだと新人賞には絶対に通らないっていうお教えだそうですね」

「はい、その通りです」

「プロット前のアイディアというか、着想はもっと大事なんでしょうね」

「そういうことだと思います」

「生徒さん同士でアイディアについての話をすることはあったんでしょう?」

「まぁ、そういうこともあったかもしれませんね」

三枝の目がうろうろと落ち着かなく動いている。

「下曽根先生は、生徒同士のディスカッションをむしろ歓迎していたんですね」

「は、はい……そうです」

「じゃあ、町田で成山さんと飲んだときにも、お互いのアイディアの話なども出たんじゃないんですか」

ゆっくりとしっかり晴虎は問うた。

「そんなことは……」

三枝の表情は凍りついていた。

晴虎がつよい視線で見据えると、三枝はうつむいてしまった。

沈黙が続いた。

秋山も美輝もあっけにとられて晴虎の尋問のようすを見ている。

やがて三枝は顔を上げるとしっかりした声で言った。

「武田さんは、僕を疑っているんですね。でも、無茶です」

「無茶とは？」

「成山さんが殺されたことは報道で知っています。でも、それはいつのことですか？」

「今年の二月九日の土曜日。夜の九時頃です」

「だったら、僕にはそんなことができるはずもないです」

「なぜですか？」

「忘れたんですか？　僕は二月八日にヤビツ峠から山に入って、二月九日の午後に檜洞丸の頂上南面で滑落して、一一日に秋山さんたちに救助して頂くまで雪山にいたんですよ。そんな僕がどうやって九日に茅ヶ崎に行けるって言うんですか」

三枝は口を尖らせた。

秋山が無言でうなずいた。

「では、二月八日と九日にどんな風に行動したのか話してください」

とりわけて静かに晴虎は言った。

「わかりました。変な疑いを掛けられても嫌ですからね。ちょっと待ってください。記録を見ますから」

「どうぞ」

三枝はかたわらの黒いバッグから手帳を取り出して開いた。

「僕は二月八日の朝、家を出て新松田駅から秦野駅まで小田急で動きました。秦野駅を八時二五分に出発する神奈中バスに乗って九時一三分にヤビツ峠に着きました。これはヤビツ峠行きの始発バスです。ヤビツ峠を九時半に出発し、塔ノ岳には一二時三六分に着きました。それから一五分休憩して、丹沢山には一三時四七分に着いています。ここで昼食をとって友人に電話しました。丹沢山を一五時に出発して一六時七分に蛭ヶ岳に到着。近くの谷あいにテントを張って夕食をとって寝ました。翌朝は四時半に起きて朝食をとり六時に出発。檜洞丸には八時半に到着しました。九時に出発して昼前に、このビジターセンターに下山する予定だったのですが、石棚山稜分岐にゆく途中で残雪と氷に足を滑らせて斜面を転落してしまいました。おまけに転落時に足をくじいてしまったのです。あとでお医者さんに見てもらったら右のくるぶしを捻挫していました。這い上がろうとしても這い上がれませんでした。それにいくら叫んでも誰にも声は届きませんでした。ご存じかと思いますが、東丹沢と違って西丹沢では携帯電波の入る登山道はありません。電話で救助を呼ぶことはできません。そこで僕は持久戦を覚悟しました。転落地点にテントを張ってひたすら救助を待つことにしたのです。食料も水もある程度は持っていたし、トランジスタラジオもありました。ところが、その次の日、一〇日の昼前から雪が降り始め、午後にはとんでもない暴風雪になってしまいました。救助に来る人がいるわけはありません。持っていた水はなくなり、ガソリンコンロで雪を溶かしてのどを潤しました。燃料と食料がなくなったらおしまいです。僕は凍死の恐怖に脅えながら一昼夜を過ごしました。一一日は朝から晴れてくれ、昼過ぎに秋山さんたちが僕を発見して救出してくれました。まさに九死に一生を得たのです。そんな僕が成山さんをどうやって殺せるというのです」

　話し続けた三枝はだんだん興奮してきたらしく、最後はツバを飛ばしながら自分のアリバイを主張した。

「いま三枝さんが言った通りです。彼の食料も燃料も尽きようとしていました。救出後、玄倉の板垣先生に診察してもらいました。右のくるぶしはたしかに捻挫していました。あの足では自力歩行は無理だったと思います」

秋山は三枝の主張を補強した。

だが、晴虎はこのアリバイが創り出されたものであることについてはすでに結論を出していた。

「残念ながら、いまの行程は真実ではないですね。ヤビツ峠から入山して檜洞丸に着いたところまでは真実でしょう。しかし、そこから後が違う。あなたは転落地点付近で荷物をデポしてからツツジ新道を使ってそのまま下山したのです。コースタイムは二時間半くらいですから、お昼には到着していたでしょう。事前にこの近くのどこかに駐めておいたバイクかクルマで茅ヶ崎まで行って午後九時頃にヘッドランドで釣りをしていた成山さんを海に突き落とした。彼が九日に夜釣りに行くことは本人から聞いていたのだと思います。とって返して夜明け頃からツツジ新道を登り直して、わざと転落したのではないですか。足もわざと捻挫した。テントを張ってからはお話しの通りでしょう。あなたは降雪を見越していたのだと思いますよ。天気図はきちんと読めるはずです」

晴虎は自信を持って自説を主張した。

三枝はなにも言わず黙って晴虎を見据えている。

部屋に沈黙が張り詰めた。

「そうです。あなたは降雪をアリバイに利用したのです。一〇日は雪に閉じ込められると最初から覚悟していた。降雪のなかで過ごすための燃料も食料もしっかり持っていたはずです。一〇日は雪のために登山者がいないこともわかっていた。いちばん危ないのは九日に下山したときに、この近くで誰かに顔を見られることです。でも、冬場の山のことですから目出し帽をかぶっていても怪しむ人はいないでしょう」

　秋山が低くうなった。

「あなたはヘッドランドで成山さんを突き落としたときにも目撃証人がほしかったのです。アリバイを作るためには犯行を目撃する人がいないと困りますからね。それで近所の人が釣りに来るのを待っていたのではないですか？」

　晴虎の追及に三枝は床に視線を落としたまま黙っている。

「そんなことって……」

　秋山は心底驚いたようだ。

　美輝もしきりと目を瞬(しばた)いている。

「そう、あなたのアリバイは崩れています。警察がこの観点からあらためて捜査すれば、あなたの姿を見たという目撃証言もきっと出てくるでしょう。ほかにも証拠はいくらでも出てくるはずです。わたしはあなたが成山さんに小説のアイディアを盗用されたことで今回の犯行に到ったのだと思っています。真実を語ってくれませんか？」

　晴虎は誠意を込めて語りかけた。

「……アイディアの盗用について、詳しいお話をしたいです。その前にトイレに行かせてくれませんか。コーヒーを頂いたのでそろそろ限界になってきました」

三枝は気弱な声で懇願した。

「わかりました。大変失礼ですが、扉の前で待っていたいんですが……」

晴虎の要請に、三枝は苦笑いを浮かべた。

「かまいませんよ。じゃあトイレに……」

三枝が立ち上がったので晴虎も続けて立った。

【2】

ふたりは事務所から出てホールの端にあるトイレに向かった。

男女別に個室がふたつ並んでいる。

「ちょっと失礼」

晴虎は男性用を開けて内部を確かめた。

アルミ製の面格子が取り付けられていて、外へは逃げ出せない構造だ。内部に危険なものは見られなかった。

「それではごゆっくり」

三枝は黙って頭を下げてドアのなかへと消えた。

逮捕していない男に、ドアを開けて用を足せとは言えるはずもなかった。

内鍵が閉まる音がした。

続いてズボンをおろすような音が聞こえた。

晴虎は待った。

だが、三分待っても、五分待っても三枝は出てこなかった。

「しまったっ」

ほぞを噛むとはまさにこのことだった。

晴虎は事務所に駆け戻った。

「秋山さん、トイレ外から開けて下さい」

気ぜわしく晴虎は叫んだ。

「ああ、わかりました」

秋山は細い金具のようなものを持って来て、トイレのドアノブの横の穴に差し込んだ。

すぐにドアは開いた。

「あっ」

晴虎は叫んだ。

トイレはもぬけの殻だった。

面格子が外されていた。

「三枝さんは道具を隠し持ってたんだ」

晴虎は歯噛みした。

営繕サービスという仕事柄、建物外からの侵入を防ぐ面格子を室内から外すことなど三枝にとっては容易なことかもしれない。

「ドライバーかなにかを使ったのでしょう」

秋山もうなった。

「彼はクルマで来てますよね」

たしか駐車場の奥のほうに一台クルマが駐まっていたはずだ。

「ええ、もちろん。会社のクルマです」

晴虎と秋山は傘を手にして建物の外へ出た。

横殴りの雨が降っていて、県道にはどこからか飛んできた細い枝が転がっている。

駐車場へ走ると、ジムニーパトのほかに松田営繕サービスと書かれた軽自動車が駐まっていた。

「クルマには乗っていっていませんね」

秋山が不思議そうな声を出した。

逃げるのならクルマだ。この嵐のなかクルマにも乗らずに三枝はなにをしようというのだろう。考えられる結論はひとつしかなかった。

「嫌な予感がします」

晴虎は低い声で言った。

「三枝さんはまずい立場なんですよね？」

「詳しいことは話してなかったけど、三枝さんが作家の成山祐一という男を殺害した疑いが強いのです」

「ええ、そういう話かなと思っていました」

「彼は自分の罪が警察にバレたと知って絶望したような気がするのです」

「ということは……」

「死に場所を探してるのではないでしょうか」

「まさか……」

「しかし、クルマを使わずにどこかへ消えたということは……」

「止めなきゃ」

「ええ、ここで死なせるわけにはいきません」

強い口調で晴虎は言った。

「とにかくカッパ着ましょう」

「必要な道具をパトカーからとってきます」

「僕もレスキュー道具を用意します」

秋山は建物内に駆け込んでいった。

晴虎はジムニーパトのリアゲートを開け、ゴアテックスのレインウェアやクライミングロープ、カラビナ、ロープクランプ、トレッキングシューズなどもザックに放り込んだ。

ザックを背負った晴虎は秋山の後を追って建物に入った。

すでに秋山はレインウェアに着替えていて、トレッキングシューズを履くところだった。

晴虎もレインウェアを羽織り、靴を履き替えた。

かたわらで美輝が心配そうに二人を見ている。

「どこへ行ったと思いますか？」

近づいてきた秋山に晴虎は訊いた。

「わかりませんね」

「丹沢の山に二度しか登っていないというのはウソでしょうね」

「僕もそう思います。あのアリバイの話を聞いていると、山には習熟していると思います。実は救出した際にも違和感はあったのです」

「どんな違和感ですか？」

「装備がきちんと冬山用で理にかなっていたのです。たとえばストーブ……コンロのことですが、これも極寒ではガスだと出力が非常に落ちるのです。気化しにくくなるので……。ところが、彼は寒さに強いガソリンストーブを持っていた。テントもゴアテックスを使った四季用だったし、シュラフもそうです。そのほかにも細かいところで冬山の厳しさに耐えられるような装備を持っていました。とても冬山初心者とは思えなかった。三枝さんにそのことを聞くと雑誌やネットで調べてそろえたといっていたので信じたのですが、ちょっとしっかりしすぎていました」

「やはりね。三枝さんはたぶんしっかりした登山技術を持っているんですよ」

「そうだとしても、行き先はわかりませんね。もし山に入ったとすると、西沢から畦ヶ丸か、あるいはツツジ新道から檜洞丸のどちらかでしょう」

「賭けてみるしかないかな」

「どこに賭けますか？」

「成山さんを襲いにいったときの道です」

「ツツジ新道ですか」

「はい、反射的にあの道を登っているような気がするんです」

「なるほど、ひとつに賭けるとしたらツツジ新道でしょうね」

「とりあえず本署に連絡を入れて応援を頼みますが、手遅れになるといけない。我々は先にツツジ新道を探してみましょう」

「了解です。僕は西丹沢山岳救助隊のみんなに連絡して集まってもらいます」

　晴虎は無線で本署に応援を頼み、秋山はスマホで誰かに連絡をとった。

　さらに晴虎は江馬の携帯に電話した。

「江馬、どこだ？」

「新百合ヶ丘の駅前です」

「さっき照会してきた松田町の三枝貞人な、真犯人だったぞ」

「なんですって！」

　江馬の声が裏返った。

「現在、逃走中で、俺はツツジ新道という檜洞丸登山道で捜索活動に入る」

「す、すぐそっちに行きます」

「こっちへ来る前に松田署刑事課の室賀強行犯係長に詳しい事情を説明しておいてくれ」

「室賀係長ですね。了解しました」

江馬は弾んだ声で答えた。

電話を切ると、美輝が近づいてきた。

「おふたりとも気をつけてくださいね」

不安そうな顔で美輝は晴虎たちに言った。

「大丈夫だよ。内藤さんはここで連絡係をつとめてください」

「はい、わかりました」

美輝はかたくうなずいた。

「わたしからも連絡を入れるし、所轄の連中がやって来たら、対応してもらいたいのです」

晴虎と秋山は矢継ぎ早に指示を下した。

「山岳救助隊のみんなの対応も頼むね」

「まかせてください」

美輝はしっかりとした発声で答えた。

晴虎はうなずいて、七つ道具の入ったザックを背負った。

すでに秋山が背負っているのは、晴虎の中型ザックの倍くらい入りそうな大型ザックだった。六〇リットルは入りそうだ。

「行きましょうか」

「はい」

秋山は真剣な目つきであごを引いた。

晴虎たちは篠突(しのつ)く雨のなかを飛び出していった。

「ツツジ新道の入口まではパトカーで行きましょう」

晴虎の提案に秋山はうなずいた。

「そうですね、少しでも早いほうがいいですから」

ふたりはジムニーパトに乗って県道を山奥に向かって走り始めた。

登山センターから奥は正式には林道扱いとなる。

右手にキャンプ場が通り過ぎてゆく。

ツツジ新道の取っつきはセンターから五〇〇メートルくらいの位置にあった。

晴虎はジムニーを路肩ギリギリに寄せて停(と)めた。

ふたりは次々にクルマから降りた。

熊(くま)出没注意の看板が出ている沢沿いの細い小道がツツジ新道であった。

右手の小さな堰堤(えんてい)には茶色く濁った水が激しく落ちている。

晴虎は落葉が散り敷かれている路面に顔を近づけて観察した。

「たぶん、間違いないですよ。新しい足跡がある。こんな天気に登山するバカはいないでしょうから、この足跡は三枝さんが残したものに違いありません」

晴虎の予想に秋山も賛成した。

「そうですね、このの感じだとついさっき踏まれたようですね」

「とにかく登ってみましょう」

ふたりはツツジ新道へと足を踏み入れた。

激しい流れとなっている沢の脇を少し進むと沢を渡るところへ出た。

V字型の谷を強風が吹き下ろしてくる。

すぐに左の尾根を折り返す樹間の急な上りとなった。

左手の斜面のあちこちから茶色い水が滝のように流れ落ちている。

「危険ですね。いつ沢があふれるかわからない」

秋山が眉をひそめた。

「早く見つけ出さねばなりませんね」

帰路の安全も考えなければならない。

「気をつけて！」

秋山の叫び声が響いた次の瞬間、身体がふわっと浮いた。

晴虎は必死で両脚に力を入れて踏ん張った。

すさまじい音とともに猛烈な風が吹き始めた。

ざわざわごうごうとまわりの雑木林が恐ろしい。

「気を許すと転倒して、谷へゴロゴロだな」

晴虎の額から汗がにじみ出た。

岩がたくさん露出している場所に出た。

鎖場だ。

風で鎖がガチャガチャ鳴っている。

おまけに鎖の上を濁り水が流れている。

「僕が先を歩きます」

秋山の後ろ姿を見ながら、晴虎は慎重に身体を運んだ。

無事に通り終えてホッと息をついた。

しばらく進むと、登山道はゆるやかな斜面をトラバースする木道へと出た。

風は左手の斜面から激しく吹き下ろしている。

同時に斜面を滝のように水が落ちて木道の上を流れている。

「これは下手をすると吹き飛ばされる」

晴虎はのどの奥でうなった。

「風の隙(すき)を突いて渡りましょう」

目をつむり、秋山は強風のなかで耳を澄ませている。

秋山は風を読んでいるのだ。

このあたり、晴虎と秋山では山の経験が違う。

「今ですっ。渡りましょう。あわてずしっかりと足を踏ん張って」

晴虎と秋山は足を踏みしめて木道を渡った。

背中にどっと汗が噴き出した。

「そろそろいてくれるといいんだけど。あまり上に進むと危険なんです」

「どういうことですか」

「いまはずっと尾根道を歩いていますが、入口から一時間くらいの場所は沢筋へ降りるんです。ゴーラ沢出合という地名なんですけど、そこらあたりは水が出てそうなんで」

「谷に降りるのは怖いですね。また鉄砲水でも襲ってきたら……」

秋山は硬い表情でうなずいた。

林がちょっと切れたところに出た。

「いたっ！」

晴虎は思わず叫んだ。

前方、二〇メートルくらいの場所に三枝がぼーっと立っている。

右下は東沢の深い谷だ。

晴虎と秋山はゆっくりと近づいていった。

「ここで止まって声をかけましょう」

一〇メートルくらいに近づいたところで、晴虎は秋山にささやいた。

「三枝さん、ここにいたんですね」

晴虎は声を張り上げないように注意して三枝に呼びかけた。

「こないでくれっ」

三枝は声を張り上げて答えた。

「落ち着いて。いま助けに行きます」

さらにやわらかい声で晴虎は呼びかけた。

「近づいたら、ここから飛び下りる」

三枝はわめき散らした。

「あなたの思いを……」

晴虎はいったん言葉を切ってから、ふたたび続けた。

「あなたの思いを聞かせてほしい」

ゆっくりと静かに晴虎は呼びかけた。

「あいつは、成山は、俺の大切なアイディアを盗んだんだ」

激しい憤りの声が風の隙間から飛んできた。

「そのことはわたしにもわかっていました。人の言葉を理解する犬と、犬の言葉を理解する捜査員がバディとなって事件を解決する……これは三枝さん、あなたのアイディアなんですね」

「そうだ。俺がやっと考え出したアイディアだった」

「そんな大切なものを成山さんは盗んだんですね」

「俺はあいつに騙されたんだ。お互い不調だから情報交換しようと言われて、町田で飲んだ。あいつは俺に取るに足らないつまらんアイディアを話した。だが、俺もうっかり人語を解する犬と犬語を解する捜査員のネタを話してしまったんだ。それからだいたい一年後、Ｗｅｂで高木彬光賞の発表を見たとき、俺は自分の目を疑った。あいつが受賞者だった。それはいい。お互い苦労した仲だ。祝うべきことだ。だが、『トモ犬マーサ』のネタは俺があいつに喋ったものじゃないか。俺はすぐさまあいつに電話した。そしたらなんて言ったと思う？」

「なんて言ったんだい？」

「そんな話を聞いた覚えはないが、それがキミのオリジナルだって証拠でもあるのかと、そう言いやがったんだ。俺ははらわたが煮えくり返った。その場で殺してやろうと思ったくらいさ。新人賞を目指す者にとって独創的なアイディアがどれほど大事なものかわかるか」

　怒鳴るように三枝は言った。

「教室にいる山口先生から教わった」

「山口さんはいいよ。歯医者じゃないか。しかも自分の仕事に満足している。彼女は別に小説なんて書かなくったってじゅうぶんに幸せだ。だが、俺は違うっ」

　三枝の声は大きく震えた。

「俺はな、誰でも知っているタウト電気のエンジニアだったんだ。スマホの基盤の一部を設計していた。ところが、三十三のときにいきなりリストラされた。しかも、会社は世間に対しては転職先を世話すると自慢していた。たしかに世話はしてくれたよ。下請けの画像処理センサーメーカーをね。ここはひどい待遇の会社だった。いわゆるブラック企業さ。残業は月に一〇〇時間以上。上司は威圧的でパワハラ三昧、おまけに所得はいままでの六五パーセントさ。このままいたら殺されると思ったから辞めた。地元の松田に帰って営繕サービスに勤め始めた。どうやら潰れそうにはないし、上司もおっとりしている。だけど、所得はタウト電気にいたときの半分以下になっちまった。駐在さんの給料よりずっと低いと思うよ。このままじゃ結婚だってできない。前の彼女はね、俺がタウトをクビになって下請けに移ったらすぐに別れを切り出したよ。それから俺のところに寄ってくる女なんていない。だから、一発逆転したかった。貧乏なかから必死で授業料を捻出して下曽根教室に通ったさ。でも、一年経っても二年経ってもプロットに合格がもらえない。すっかり絶望していた。だけどね、小説家の夢を捨てたら、俺はもう終わりだったんだよ」

「自己を表現したかったんだな」

「甘いこと言うなよ。もちろん、そういう気持ちはあるよ。だけど、食うのがまず先さ。食うや食わずの生活に自己表現なんてあるかよっ」

　三枝は怒鳴った。

「そうだな、誰だって食うのが先だ」

「だけどな。あいつは、成山はとんとん拍子の出世だ。あいつはもともと金には困ってなかった。会社も一部上場だし、収入もよかった」

「だが、成山さんは自分の居場所がないとそう言ってたんだ」

「俺も聞いたさ、その愚痴は。けっこうな話だよ、まったく。そんな贅沢なこと言ってられるヤツがうらやましいよ」

三枝は吐き捨てるように言った。

「贅沢なこと言ってる成山が新人賞を取って映像化もされて大人気作家になった。だけど、すべては俺のネタを盗んだからだろ。俺はヤツを許せなかった。だけど、ヤツと心中するつもりもなかった。だから、俺は考えに考え抜いて完璧なアリバイを作ったのさ。あいつは茅ヶ崎の海のなかでもがき苦しんで死んでいった。いい気味だ。あいつを突き落としたときの俺の気持ちがわかるか。こんないい気分になったのは初めてだと思ったよ。世に出た誰もが知ってる人気作家の成山祐一先生の運命は俺が決めたんだからな」

晴虎はしばし黙った。

三枝のような犯行動機を持った者を諭すことは難しい。罪の意識をみじんも持っていないからだ。

だが、晴虎には訊きたいことがあった。

「ひとつだけ質問したいんだが、キミはそのアイディアによって小説は書いたのか？」

「あたりまえだろ。書いたさ。あいつが盗んでいるとも知らないから五〇〇枚の長編として書き上げて新人賞に送ったさ。高木彬光賞ほどの大きな賞じゃないけどな」

「で、結果はどうだったんだ？」

しばし三枝は黙った。

「結果はどうだったかと訊いているんだが」

「一次も通らなかった……」

うめくように三枝は言った。

「キミはわかっているはずだ。成山さんがアイディアを盗もうが盗まなかろうが、キミの運命は変わらなかったってことを」

「うるさいっ。そんな話は聞きたくない」

「キミは新人賞を狙い続けるべきだったんだ」

「おまえなんかに俺の気持ちがわかってたまるかっ」

激しい声が響いた。

次の瞬間、三枝は立ち幅跳びのような格好で崖下へ飛び下りた。

「三枝っ！　まずいな」

「ええ……」

晴虎と秋山は三枝の立っていた場所まで急いで身体を運んだ。

ふたりはあわてて崖下を覗き込んだ。

「生きている」

「あそこなら大丈夫ですよ」

晴虎も秋山も安堵の声を出した。

幸いなことに三枝は枝にはさまれるようにケヤキの大木に引っかかっていた。

本気で死ぬ気はなかったのだろう。

三枝の飛び下りた場所は大木が密生していた。

ここから飛び下りても、木に引っかかるのがオチだ。

そうは言っても放っておけば、低体温症で死んでしまう。

「助けてくれぇ」

大木の枝のなかで三枝は悲鳴を上げている。

「仕方のない男だな」

晴虎は舌打ちを隠せなかった。

本当に死ぬ気もないのなら、こんなデモンストレーションをして、なんの意味があるというのだ。

三枝という男は、感情が抑制できないばかりか、他人に対して大きな甘えを平気で出せる男なのだ。

とは言え、生きて叫んでいることは喜ばしい。

「おーい、ケガはないかぁ」

晴虎は大きな声で呼びかけた。

「大丈夫だ」

三枝は元気なく答えてきた。

とりあえずはホッとした。

強風のために三枝の身体は大木の枝とともに左右に揺れている。

「あの木にアンカーを取りましょう。僕が降ります」

秋山は背後のニレの大木を指差した。

「いや、降りなくても大丈夫でしょう。ハーネスを自分で装着してもらって、上からふたりで引けば上がってこられますよ」

晴虎の提案に、秋山は一瞬、考えていた。

「そうですね。モタモタしていてこれ以上風が強くなるのも恐ろしいですから」

秋山は晴虎の提案に賛同してくれた。

「アンカーはこのニレでいいですよね」

秋山がクライミングロープをザックから取り出しながら確認した。

「ちょうどいいところにありますね」

「とりあえずアンカーとりましょう」

秋山は慣れた手つきでニレの幹に短めのスリングを巻きつけた。

続けてメインロープを二重にしてカラビナを介してスリングをつなぎ、途中に小型のハンドウインチをセットした。

ザックから蛍光イエローの樹脂(じゅし)製ハーネスを取り出した晴虎は、カラビナとランヤードと呼ばれる短いロープにつないだ。

晴虎は崖下の三枝にハーネスを提示してみせた。

「ハーネスは使ったことあるか？」

「いや、ない。俺は岩登りはやらないんだ」

「パンツ履くような感じで両脚から入れるんだ」

「わかった」

晴虎はレスキューシステムのカラビナにハーネスを接続した。

「おろすぞぉ」

晴虎はハーネスを眼下に放った。

山の経験があるだけに、三枝はさっとハーネスを装着した。

「引いてくれぇ」

三枝の叫び声に合わせて、晴虎と秋山はハンドウインチのハンドルを動かし続けた。

歯車が軋むとメインロープが引かれ、三枝の身体が徐々に上がってくる。

「ようし、崖によじ登れ」

晴虎が叫ぶと、三枝は崖に両手を突いてよじ登った。

「もう大丈夫だ」

晴虎が声を掛けると、三枝はその場に両膝を突いてへなへなと座り込んだ。

「さぁ、早く山を下りよう。これ以上風が強くなると、トラバースが困難になる」

秋山が緊迫した声で言った。

晴虎たち三人は往路以上に苦労して下山した。

いちばん下まで降りるのに、ふだんの倍近い時間を要したのではないだろうか。

登山口には赤色回転灯を点灯させた松田署のパトカーが二台停まっていた。

私服、制服合わせて六人の警察官が待ち構えていた。

不思議なことにいったん雨が止んでいたので、誰も合羽を着ていない。

「お疲れさまです、武田さん、秋山さん。室賀でございますよ」

のっぺりとした瓜実顔をした五〇代の室賀係長が先頭に立っていた。

「室賀さん、お疲れさま」

「まったく武田さんは、いつもとんでもない者と出くわしますねぇ。まことに不思議な方でございますな」

賞賛なのか皮肉なのか冗談なのか、奇妙な調子で室賀は言った。

「小説家成山祐一殺害事件の被疑者、三枝貞人をお引き渡しします」

晴虎も室賀の調子に合わせて伝達した。

「承知致しました。お預かりします」

室賀はゆっくりとあごを引いた。

「捜一の江馬。八月の事件で会ったと思いますけど……」

「ああ、お電話頂きましたよ。詳しい事情も伺いました」

「そいつがこっちに急行していますので、よろしくお願いします」

「了解です。あとでお着替えになったら、本署のほうにもお顔をお出し下さいませ。調書とりますんで」

「明るいうちに顔出しますよ」

「なにぶんにもよろしく。おい、パトカーに乗れっ」

室賀の荒っぽい声にも、三枝が抗(あらが)うようすはなかった。

精も根も尽き果てたという脱力モードだった。

三枝はふたりの制服警官にはさまれるようにして、一台のパトカーの後部座席に押し込まれた。

サイレンを鳴らして立ち去るパトカーを見送りながら、晴虎は秋山に言った。

「あのワガママ男にも、彼なりの正義の物差しはあったんですね」

「誰も認めない物差しだとは思いますが……」

つらそうに秋山は言った。

「彼は自分が初めて生み出したアイディアをなによりも大切に考えていたのでしょう。わたしも詳しことはわかりませんが、創生というものは創作をする者には生命の次に大切なんだと思います」

晴虎は紗奈美の言葉を思い出していた。

「なるほど、自分の創生を汚されたという怒り。それを、あの人は抑えられなかったのですね」

秋山は感に堪えないような表情を浮かべた。

「たぶん、そういうことでしょう。わたしも人生のなかで、創作者の創生に匹敵(ひってき)するようなものを得ることができればと、あらためて思いました」

「すごく難しいですね。僕もまだ見つけていないかもしれません。やたらと山を歩き回るのも、そんなものを見つけたいからかな。武田さんがお仕事に生命を賭けているのも、そうしたものを見つけたいからなのでしょうね」

秋山の言葉に、晴虎は無言でうなずいた。自分が頼るべきなにかを創生したい。そんな気持ちが、晴虎をこの西丹沢にやってこさせたのかもしれない。

「そんなに頭がよくない僕ですが、人を恨んで生きるようなまねだけはしたくないと痛感しましたよ。いい勉強になりました」

秋山はしんみりと言った。

「わたしも同じ思いです。おっと雨が降り始めましたよ。ジムニーパトに乗って下さい」

「そうですね。あたたかいコーヒーでも飲みましょう」

ふたりはジムニーパトに乗り込んだ。


駐在所に戻ってきた晴虎は、郵便ポストから何通かの郵便物を取り出した。

執務室の机の上で、晴虎の目は白い西洋封筒に釘付(くぎづ)けになった。

封を切らなくてもわかるあの怪しい封筒だ。

今回も横浜の住所から転送されてきている。
四角い奇妙な文字で晴虎の名前と横浜の住所が書いてあるのも同じだ。
鼓動を抑えつつ裏を返すと、やはり差出人の名前はなかった。
心臓が破裂しそうだ。
震える手で晴虎はペーパーナイフで封を切った。
今回もハガキ大の厚手の白い紙が入っていた。
四角い文字で書かれた一行が、晴虎の目に飛び込んできた。

――紗也香さんは殺された。

「こ、これは……」
晴虎の声は大きく震えた。
この手紙の差出人は、いったい何者なのか。
またも沙也香の名前を間違えている。
やはり晴虎や沙也香とは遠い人間なのかもしれない。
なんの目的で二度もこんな手紙を送ってくるのか。
ただの嫌がらせにしてはくどい気がしてきた。
しかも、今度は明確に殺されたと言っている。

短いメッセージが頭のなかでぐるぐると回って、晴虎はめまいに襲われた。
新しいメッセージについても諏訪に伝えなければならない。
一通目の時と同じように、手紙を手にしたまま晴虎はぼう然と座り続けていた。
ガタンガタンと駐在所のガラス戸が音を立てている。
山の木々は山鳴りにも似た低いうなりを発していた。
今夜はひどく荒れそうだった。

本書はハルキ文庫の書き下ろしです。
本作品はフィクションであり、登場する人物、団体名など
架空のものであり、現実のものとは関係ありません。

Haruki Bunko
ハルキ文庫

な 13-9

SIS 丹沢湖駐在 武田晴虎Ⅲ 創生
(エスアイエス たんざわこちゅうざい たけだはるとら そうせい)

著者 鳴神響一(なるかみきょういち)

2022年5月18日第一刷発行

発行者 角川春樹

発行所 株式会社角川春樹事務所
〒102-0074 東京都千代田区九段南2-1-30 イタリア文化会館

電話 03(3263)5247(編集)
03(3263)5881(営業)

印刷・製本 中央精版印刷株式会社

フォーマット・デザイン 芦澤泰偉
表紙イラストレーション 門坂 流

ISBN978-4-7584-4486-6 C0193 ©2022 Narukami Kyoichi Printed in Japan
http://www.kadokawaharuki.co.jp/[営業]
fanmail@kadokawaharuki.co.jp[編集] ご意見・ご感想をお寄せください。